KB112598

엄마 에필로그

■ 이 도서의 국립중앙도서관 출판시도서목록(CIP)은
서지정보유통지원시스템 홈페이지(http://seoji.nl.go.kr)와
국가자료공동목록시스템(http://www.nl.go.kr/kolisnet)에서 이용하실 수 있습니다.
(CIP제어번호: CIP2013008783)

엄마 에필로그

심재명

마음산책

엄
마

에

필
로
그

1판 1쇄 인쇄 2013년 6월 20일
1판 1쇄 발행 2013년 6월 25일

지은이 | 심재명
펴낸이 | 정은숙
펴낸곳 | 마음산책

편집 | 심재경 · 이승학 · 정인혜   디자인 | 정은화 · 이혜진
마케팅 | 권혁준   경영지원 | 이현경

등록 | 2000년 7월 28일(제13-653호)
주소 | 서울시 마포구 서교동 395-114 (우 121-840)
전화 | 대표 362-1452 편집 362-1451   팩스 | 362-1455
홈페이지 | http://www.maumsan.com
블로그 | maumsanchaek.blog.me
트위터 | http://twitter.com/maumsanchaek
페이스북 | http://www.facebook.com/maumsanchaek
전자우편 | maum@maumsan.com

ISBN 978-89-6090-163-6 03810

• 이 책의 인세는 루게릭병의 치료를 지원하는 데 쓰입니다.

* 책값은 뒤표지에 있습니다.

사랑하는 사람과 발을 맞춰 걷는 일이,
그럴 수 있다는 게
얼마나 고맙고 기쁜 일인지

기억을 기록하고 싶었다

밤이 깊었을 때나 혼자 조용한 골목길을 걸을 때, 새벽에 일어나 파르스름한 빛으로 물드는 창밖을 볼 때 문득 엄마 얼굴과 목소리가 떠오른다…… 하고 쓰려다가 다시 고친다.

이 세상을 떠난 지 칠 년이 지났지만, 엄마는 그 시간을 가로질러 언제 어디에서건 생생하게 내게 말을 건넨다.

"밥은 먹었니?"

"에이, 이 고집불통."

"제발 일찍 좀 들어와라."

"너무 늦게 자지 마."

"약은 제때 꼬박꼬박 챙겨 먹어야지."

"돈 좀 아껴 써."

"잘했어. 고생 많았지?"

온통 당부와 걱정과 관심의 말들이다.

살아생전 유난스러운 잔소리꾼이었지만 어스름한 저녁 시간이 되면 하루도 빠짐없이 "저녁 챙겨 먹었니?"라며 다 큰 딸에게 전화를 거는 엄마의 목소리는 나이 들수록 반가웠다.

엄마는 자신의 이야기를 한 적이 별로 없다. 무엇을 정말 원하는지, 무엇을 간절히 꿈꾸었는지, 언제 가장 기뻤고 슬펐는지, 엄마는 어떤 생을 살고 싶었는지, 어떤 사람이 되고 싶었는지. 자기 자신은 숨겨두고, 자식들만 바라보았다. 내가 좀 철이 들어서 아주 뒤늦게 엄마의 속 깊은 이야기를 듣고 싶어졌을 때, 엄마는 마침 불치의 병을 얻어 목소리를 잃어버렸다. 아니, 말을 할 수 없게 되어서야 엄마의 진짜 생각을 묻고 싶어졌다는 것이 맞는 표현일 것이다. 이 어리석은 딸.

엄마에 대한 기억을 기록하고 싶었다.

엄마 사신의 이야기를 제대로 듣지 못했다는 안타까움을,

엄마는 내게 어떤 사람인지를 쓰는 것으로 그나마 대신하고 싶었다. 그러면 엄마에 대한 미안함과 나의 슬픔도 좀 옅어질 거라고 생각했다. 그러나 글을 마치고 서문을 쓰는 지금도, 전과 별로 달라진 것 같지는 않다.

엄마의 이야기를 쓰는 바람에 덩달아 자신들의 아픔도 알려지게 된 가족에게 미안하다. 그리고 엄마 돌아가셨을 때 장례식장에 찾아온 지인들에게 감사하다는 인사를 이제야 드린다. "너무 늦은 인사가 창피하지만, 고맙습니다." 후의에 대한 감사 편지를 못 보낸 나의 예의 없음이 두고두고 마음을 눌렀다.

지독할 만큼 헌신하고 넘치는 사랑을 주셔서, 받기만 한 딸에게 지울 수 없는 미안함과 슬픔을 남긴 엄마 홍기열 씨. 다음 생애에는 절대 아프지 말고, 그리고 제발 적당히 사랑해주세요.

2013년 여름
딸 심재명

차례

가난의 맛

나의 오십,
엄마의 오십

이제 나는 오십 살이 되었다.

지난해 시작된 노안은 올해 더욱 심해져, 돋보기안경을 두 번이나 맞췄고 사용하던 스마트폰도 더 큰 화면의 것으로 바꿨다. 시나리오를 여러 편 읽고 컴퓨터로 많은 문서와 이메일을 확인하는 일을 하는 나로서는 꽤 답답한 일이다. 아침에 일어나면 밤새 메마른 눈이 뻑뻑해서 꼭 인공 눈물을 넣어야만 편해진다. 지난여름에는 새벽녘에 온몸이 땀에 젖어 일어나 앉곤 했다. 더위가 시작돼서 그러려니 했는데 날씨 탓만은 아니었다. 견딜 수 없이 갑자기 더워져 벌떡 일어나는 새벽 네 시쯤

의 적막. 갱년기가 시작되었다는 사실을 그 조용한 시간에 문
득 깨달았다. 육체의 변화는 그래도 괜찮다 싶다. 마음이 늙어
가고 있다는 생각이 들면서부터는 급작스럽게 우울하다.

늦은 여름, 조금 오래 집안일을 하던 오후, 땀이 비 오듯 쏟
아졌다. 평소 땀을 별로 흘리지 않는 체질인지라 당황스러웠다.
청소를 하면서 입은 허름한 티셔츠가 흠뻑 젖을 만큼 되자 금
세 옥수수 쉰내 같은 시큼함이 풍겼다. 킁킁거리며 내 몸의 냄
새를 좇다가 바닥에 잠시 주저앉았다.

'나도 이렇게 늙어가는구나. 어느 날 문득 늙어 있는 게 아니
라 한 가지씩, 낱낱이 확인 도장을 받듯이 스스로 늙음을 증명
하게 되는구나.'

땀에 전 티셔츠를 입고 있던 그날 오후, 최근 들어 유독 신경
이 예민해지고 이유 없이 갑자기 화가 나기도 하는 것이 전조라
는 생각이 마음속으로 훅 밀려왔다. 머지않아 점점 더 옥수수
쉰내를 풍기다가 쭉정이만 남아 바스러지겠지. 이런 자조 섞인
호들갑은 호르몬의 불균형이 가져온 예민한 감정 반응이리라.

나이 오십에 문득 지금 내 나이의 엄마를 생각한다. 그때 난

스무 살이었다. 십 대를 지나 막 스무 살이 된 그 나이에는 나 자신을 감당하기도 어려운 철없는 때라 '엄마의 갱년기' 따위에는 관심도 없고 전혀 알지도 못했다. 엄마가 나를 가리켜 우리 집안의 골칫덩어리라고 내내 야단을 쳤던 터라 나는 점점 더 엄마랑 부딪쳤다.

매일 일기를 쓰던 그 시절 나는 엄마를 '악마'라고까지 불렀다. 더운물을 먹으라고 하면 얼음을 씹고, 일찍 들어오라고 하면 골목이 캄캄해져서야 집에 기어들어 가고, 청소 좀 하라고 하면 누에고치처럼 이불 속에 들어가 방바닥을 굴렀다.

가난하기도 했거니와 워낙 부지런한 사람이던 엄마는 잠시도 손을 놀리지 않으며, 그런 나를 더 야속해하는 눈빛으로 쳐다보았다. 그 시절, 빈둥빈둥 누워 있거나 낮잠에 빠져 있거나 텔레비전 앞에 멍하니 앉아 있는 엄마의 모습을 본 기억이 없다. 놀고 있으면 무슨 죄라도 짓게 되는 양 엄마는 몸을 움직여 무슨 일이든 했다. 그때쯤 엄마도 갱년기에 돌입할 때였으니 감정 변화도, 몸의 쇠락도 있었으리라. '집안의 골칫덩어리'인 나를 표적 삼아 갱년기 스트레스를 퍼부었을 것이라고 짐짓 생각한다. 난 범죄를 저지르는 수준까지는 아니었고 그저 청개구리 기질에, 공부는 멀리하고 영화 보기에 빠져 아버지 주머니를 몰래 털어 극장이나 들락거리는, 친한 친구 한 명 제대로 없이 공상과 상상에 빠져 흐물거리는 낙지처럼 꿈틀대는 십 대였을 뿐.

엄마의 사십 대 중후반에서 오십 대 초반까지의 시간은 내 질풍노도 시절인 십 대 중후반부터 이십 대 초반과 딱 맞물리며 부딪친다. 엄마와 내가 좀 더 지적이었다면, 먹고살기에 좀 더 여유가 있었더라면 훨씬 무난한 모녀 사이가 되었을지도 모르겠다. 여섯 식구가 좁은 집에서 사는 가운데, 갱년기의 여자와 사춘기의 여자가 맹렬하게 부딪친 이유를 좀 더 여유 있게 성찰했으면 좋았을 시간이었다. 일부러 그러는 것처럼 유난히 부모의 신경을 쓰게 만드는 큰딸 탓에 군소리 없이 공부 열심히 하고 성실했던 내 동생, 둘째 딸의 한숨도 돌아볼 줄 알았어야 했다. 이제야 그런 생각을 한다.

이제 내 나이 오십, 엄마는 꼭 여든 살이 되셨다. 서로를 긁지 않고 노려보지 않으며, 여유 있게 주방 식탁에 앉아 맛난 음식 먹으며 사는 이야기를 할 수 있으면 좋을 것이다. 엄마의

주름 많은 얼굴도 손으로 만져 확인하고, 엄마의 너그러워진 마음씨와 나이 들어 느려진 말투로 우리 지난날을 아무렇지 않은 듯 이야기할 수 있으면 더 좋을 것이다.

　그런데 지금 엄마는, 내 옆에 없다.

가난의 맛

엄마는 우리 집이 가난하다는 사실을 지독하게 챙기고 사는 사람이었다. 자식들에게 알리지 않아도 될 것도 되도록이면 공유했고, 언제나 아끼고 또 아끼는 길밖에 없다고 닦달하셨다. 그런 이유로 내 어린 시절은 무척이나 퍽퍽했다. 쌀독이 바닥을 보인 적도 가끔 있었는데, 엄마는 라면을 끓여주셨다. 그런데 삼양라면 한 개의 값보다 밀가루 국수가 더 싸다는 이유로 그 라면에 국수를 반 섞어 끓여 내셨다.(창의적인 분이다, 지금 생각해보면.) 라면 반, 국수 반의 맛은 밀가루의 역한 맛이 더 많이 나면서 묘했다.

언젠가 추운 겨울 저녁, 그런 식사를 하고 엄마는 동생들과 어서 누워 자라고 했다. 이불을 덮고 참새 새끼들처럼 나란히 누워 잠을 청할 때, 아버지가 돌아오셨다.

"쌀이 뚝 떨어졌어요. 어떻게 할 거예요?"

푸념인지 한숨인지 모를 엄마의 목소리를 뒤로하고 키 큰 아버지가 바닥에 누운 우리를 내려다본다. 분명 나의 부모님인데, 나는 고아가 된 듯 두 분을 멀뚱히 올려다보며 얼굴이 달아올랐다. 가난은 불편한 것일 뿐인데, 나는 부모와 자식 사이도 부끄럽게 만드는 것이 가난이라고 잘못 알고 살았다.

엄마의 무엇이든 아끼기 전략은 요리를 하는 데도 어김없이 발휘되었다. 참기름도 들기름도 설탕도 깨소금도 모두 조금씩 넣는 모습이 무슨 시늉만 내는 요리사 같았다. 그래서 김장 김치는 진하지 않은 대신 시원한 맛을 얻었고, 무나물 무침도, 제육볶음도, 된장찌개도 그 맛이 담백했다. 우리 집 만두는 만두소를 터질 듯 넣는 것이 아니라 만두피 끝이 날개처럼 펄럭일 만큼 여유 있는 그런 모양새였다. 만두소에도 돼지고기를 아끼느라 숙주와 김치를 많이 넣은 이유로 칼칼한 맛이 더했다. 화

려하고 진한 맛이 왜 안 나느냐고 투덜대면서 "엄마 음식은 별로야"라고 타박을 한 적도 있지만, 그건 재료를 아끼느라 재능을 다 발휘 못한 엄마한테 해서는 안 될 말이었다. 늦게나마 죄송해요, 엄마.

기억은 그날의 날씨와 함께 종종 떠오른다. 역시 어느 추운 겨울날, 그날은 빚쟁이 서너 명이 아예 집으로 몰려와 안방을 차지하고 앉아 있었다. 외풍이 심해 아랫목만 따뜻한 방에서 이불을 덮고 앉아 그 어른들과 함께 있자니 영 죽을 맛이었다. 드러눕지 않고 앉아 있었으니 고마워해야 할까. 시간은 천천히 가고, 엄마는 내내 부엌을 지키다가 식사까지 차려내며 빚 독촉을 달랬다. 그들은 몇 시간을 시위하듯 앉아 있다가 엄마가 차려준 밥을 비우고 일어섰다. 그날의 요리는 더 맛이 없었음은 물론이다. 엄마는 고춧가루도, 참기름도 더 적게 넣었음이 분명했다.

엄마 표 음식 중에 맛났던 건 무나물이 들어간 밀가루 부꾸미가 있겠다. 밀가루를 프라이팬에 얇고 둥그렇게 부쳐내고, 거기에 채 썰어 간간하게 양념해 기름에 볶은 무나물을 얹고,

반으로 접어 반달 모양으로 만들어낸다. 참기름 반, 들기름 반에 볶은 무나물의 구수한 맛과 밀가루 부침의 맛이 어우러져 좋았다. 평생 신세를 많이 지고 산 작은고모 댁에 갈 때면 자주 해 가던 음식이었다. 좁은 부엌 부뚜막에서 허리를 굽혀 밀가루 부꾸미를 만들던 엄마 곁에 앉아 모양이 잘못되거나 속이 터진 것을 얻어먹는 일이 나름 꿀맛이었다. 지금도 직접 만든 음식만큼 귀하고 고마운 선물이 없다고 생각하는데, 엄마는 작은고모가 이 음식을 좋아한다는 이유로 온 정성을 다해 만들었던 것 같다. 수십 년이 흘러 2002년, 내가 집들이 음식을 준비할 때 엄마에게 밀가루 부꾸미를 일부러 청해 손님상에 올릴 수 있었다. 그것이 엄마 표 부꾸미의 마지막이었다. 그날은 왠지 부뚜막 곁을 지키다가 얻어먹던 그때의 맛보다 못했다. 기름도, 양념도 듬뿍 넣으셨는데⋯⋯.

엄마가 만든 음식 중 최고는 김밥이었다. 그 크기도 다른 집보다 좀 작은데, 그것도 절약 정신의 무의식적인 표현이라고 나는 주장하고 싶다. 시금치와 채 썬 당근을 볶고 계란으로 지단을 만들어 부치고, 여기에 단무지와 양념으로 간을 맞춘 소고기를 넣는 방식은 수십 년 동안 한 번도 바뀐 적이 없다. 도전 정신이 별로 없는 양반 같으니라고. 더 여유가 없을 때면 소고기를 빼는 게 유일한 변화라고 할까.

중학교 1학년 가을 소풍, 하필이면 그때 소고기를 빼고 김밥을 싸주셨다. 그게 뭐 어떻다고. 나는 지레 창피해하며 소고기 안 들어간 김밥은 곧 가난의 증명이라고 생각했는지 도시락 뚜껑을 열어젖히지 않고 내내 반쯤 가린 채 김밥을 꺼내 먹었다. 그날의 가을 소풍은 점심시간 이후로 괜히 쓸쓸했다.

엄마 표 김밥 맛의 특징은 고슬고슬하게 지은 밥에 참기름과 소금을 넣어 간간하게 한다는 점이다. 그것도 속 재료를 조금 넣고 대신 밥으로 간을 맞추려는 속셈이었는지 모르지만. 그런데 그 김밥 맛이 유별났다. 일본식 김초밥과는 전혀 다른, 고소하고 간간한 맛. 나중에 밥에 식초를 넣고 우엉이나 오이, 햄 등을 넣은 큼지막한 다른 집 김밥을 맛보곤 좀 신기해했던 것이 기억난다. 어린 시절 엄마의 음식은 세상 전부와 같다.

2002년, 영화 〈버스, 정류장〉의 포스터 촬영을 우리 집에서 진행했다. 침실에 앉아 있는 여주인공 소희와 그녀를 바라보는 남주인공 재섭의 일별을 콘셉트로 십여 명이 모여 장면을 만들어나갔다. 그날 엄마는 굳이 십여 명이 먹어도 남을 분량의 김밥을 두 번에 걸쳐 가져다주셨다. 엄마 집 주방에 앉아 끝없이 말았을 그 많은 김밥을 같은 아파트 단지 내 비교적 꼭대기에 위치한 내 집까지 직접 날라다 주셨다. 벨이 울려 나가니 문앞에 김밥만 내려놓고 잽싸게 사라진 우리 엄마. 두 번째 오셨을 때, 쑥스러워하며 입가에 손을 가져가던 엄마를 사람들에게 소개한 기억이 난다.

"재명이 엄마예요. 맛없어도 많이 드시구려."

엄마 표 김밥은, 자랑스레 사람들과 함께 나누어 먹은 그날이 마지막이었다. 이듬해부터 손가락이 말을 잘 안 듣고 힘이 빠져 김밥 마는 일 같은 건 더 이상 할 수 없었으므로.

엄마의 요리하기는 결국 2003년 겨울로 끝났다. 아픈 허리를 간신히 펴 힘 빠진 손으로 아버지의 식탁을 위해 된장찌개를 끓이고 생선을 굽고 김치를 썬 것은. 이후에 가사 도우미분이 오셔서 음식 준비와 청소를 해주셨고, 아버지는 직접 식사를 차려 드시곤 했다. 엄마, 아버지와 내 집이 살림을 합친 뒤에도 도우미분이 두 분의 식사를 챙겼다. 엄마가 본격적으로 투병 생활을 하게 된 뒤로는 사 남매의 가족이 매주 집으로 모여, 많은 식구의 밥상 차리기도 큰일이 되었다. 가족이 함께 음식을 만들고 설거지를 하곤 했지만 즐거운 밥상 분위기가 아니니 힘이 들었다.

식사를 할 수 없는 엄마를 의료용 침대에 뉘어놓고 우리끼리 식탁에 앉아 밥을 먹는 일. 아픈 사람과 함께 사는 사람들의 식사는 모래알처럼 버석거리고 종종 쓰다. 투병 초기에는 그 식탁에 엄마도 함께했다. 아주 천천히 포크를 들어 잘게 썬 음식을 입으로 가져가 느린 속도로 우물거리고 힘겹게 삼키셨다. 엄마의 정신은 아직도 똑똑하고 창창한데, 바보처럼 일그러지는 얼굴 표정과 우둔한 입놀림은 지능이 모자란 사람이나 치매 환자쯤으로 보이기 십상이었다. 그런 엄마의 모습을 보는 건 목구멍의 밥알이 갑자기 꽁꽁 뭉쳐 명치까지 아프게 하는 그런 고역이었다.

시간이 더 지나고 나서는 엄마의 입에 음식물을 넣어드려야 했다. 평생을 써온 엄마의 수저는 너무 커서 서랍 속에 넣어두

고 유아용 숟가락으로 부드러운 음식물을 떠서 드렸다. 발병한 지 삼 년이 지나자 이제 엄마는 입으로 아무것도 삼킬 수 없는 지경에 이르렀다. 수십 년 동안 사 남매의 도시락을 싸고, 오십 포기, 백 포기가 넘는 김장을 하고, 평생 남편의 된장찌개를 끓이던 여자. 그의 의사와는 아무 상관 없이 입이 닫히고 목구멍이 굳었다. 그건 당연히, 짠순이스럽게 알뜰살뜰한 솜씨로 만든 엄마의 담백한 요리를 우리 가족도 더 이상 먹을 수 없게 됐음을 의미하는 것이기도 했다.

함께
걷는다는 것

헤어진 애인, 어린 시절 친구, 또 어떤 지인들을 떠올릴 때면 그 사람과 함께 걷던 순간이 생각난다. 처음 보는 사람이나 친하지 않은 사람과 나란히 걷는 일은 내게 드문 일이라 '함께 걷는 것'은 대체로 친밀한 관계에서의 좋은 기억이나 추억으로 남는다.

초등학교에 막 입학한 여덟 살 때, 아직도 낯선 등굣길을 아버지랑 함께 걸어간 아침은 햇빛 속 눈사람처럼 쩽쩽하게 머릿속에 있다. 긴 다리로 성큼성큼 내딛는 젊은 아버지의 걸음을 쫓아가느라 짧고 어린 다리를 마뒤 굴리듯이 날렸던 기억. 그

때는 학교 가는 일도 마냥 설렜고 잘생긴 아버지가 학교 가는 길을 가르쳐주는 것도 기뻤다. 그때만큼 아버지가 큰 나무처럼 든든하고 좋았던 적이 없던 것 같다.

생애 처음 데이트를 한 남자와 쑥스럽게 함께 걷던 길도 생각난다. 아직은 수줍은 터라 곁에 있는 사람을 쳐다보는 대신 봄날의 하늘과 쌀쌀한 바람과 이제 막 싹이 움트는 길가의 나무에 눈길을 더 주게 되니 그 길의 기억이 더 생생하게 살아 있기 마련이다.

일곱 살쯤이었다. 엄마가 옥색 바탕에 하양, 노랑, 분홍의 꽃무늬가 어우러진 깔깔이 천을 동네 양장점에 맡겨 엄마 옷과 내 옷을 지으셨다. 어디에서 공짜로 그 천이 생겼던 것 같다. 둥근 네크라인에 에이치라인의 반팔 원피스. 엄마 옷과 내 옷이 똑같은 천에 똑같은 모양이라는 사실이 너무 기뻐, 엄마 원피스 가슴 쪽엔 다트 선이 들어가고 내 옷은 민짜였던 것까지 낱낱이 떠오른다. 요즘은 아이와 엄마 옷을 커플 룩으로 만들어 파는 일이 흔하지만, 그때 난생처음 엄마와 똑같은 옷을 입었다는 사실에 가슴이 마구 두근거릴 정도로 기뻤다. 짧은 커트 머리를 한 엄마가 베이지 색 굽 낮은 샌들을 신고, 나 역시 엄마와 같은 원피스에 하얀 발목 양말을 신고 작은아버지 댁에 가던 날의 풍경은 여전히 잊히지 않는다. 면목동 아차산 거의 중턱에 있는 그 집에 가려면 산속을 걸어야 했다. 아카시아 꽃 냄새가 진동하고 작은 새들이 쩍쩍거리는 6월의 숲 속을 똑같은 옷을 입고 엄마 손을 잡고 걷던 그날의 충일감이란.

어른이 되어서는 엄마 손을 잡는 대신 팔짱을 자주 꼈다. 엄마는 롯데백화점도, 중계동의 어느 대형 마트도, 명동도, 대학로도 우리 사 남매와 함께 처음 가보았다. 속초의 한 리조트도, 대포항의 횟집도, 강릉도, 경포대도, 부산도 마찬가지였다.

부산국제영화제에 처음으로 엄마와 딸 승채와 함께 갔을 때에는, 연인들처럼 바닷가를 걷고 사진을 찍으며 웃었다. 태종대 언덕길도 셋이 함께 걸었다.

"부산 참 좋구나. 회도 맛있고……"

행사가 끝나고 숙소로 돌아오면, 엄마랑 승채는 꼼짝 않고 숙소에 남아 하루 종일 나를 기다렸다가 반갑게 맞아주었다.

엄마의 행동반경은 집, 동네 슈퍼, 시장, 외가, 가까운 친척 집, 이렇게 몇몇 공간이 전부라고 할 만큼 한정적이고 좁았다. 사 남매가 어른이 되어 여기저기 모셔 가고 함께해서 그 반경이 조금 넓어졌을 뿐. 엄마는 어렸을 적 친구들도 아주 가끔 만났고 혼자서는 새롭고 낯선 곳에 가지 않았다. 스스로를 위해 무언가를 하고 돈을 쓰는 일은 거의 하지 않았다.

엄마와 팔짱을 끼고 걷던 가을, 주말 오후의 대학로 은행 낙엽 길은 아름다웠다. 어른이 돼서 엄마의 225밀리 작은 구두와 발걸음을 나란히 할 때, 같은 원피스를 입고 걸었던 그날의 달콤한 기쁨과 겹쳐 참 행복했다. 문예회관 옆 레스토랑에서 사회 초년생인 내가 멋지게 한턱내겠다고 사 먹은 스파게티도 맛있었고.

엄마의 발병 초기, 과천 근처에 사는 막내 동생네가 가꾼 텃밭에 엄마와 함께 갔다. 걸음이 막 불편해지기 시작한 엄마를 막내 동생이 업고 각자의 텃밭이 옹기종기 모인 길을 걸었다. 막내 동생이 갓난아기였을 때, 여덟 살짜리 나는 포대기를 둘러 막내를 업고 나가기를 좋아했다. 동네 아주머니들이 우량아인 막내를 업은 나를 보고 아기가 아기를 업었다고 한마디씩

하셨지. 내게 업혀 다녔다는 막내는 떼도 많이 쓰고 자주 징징거려서 엄마 등에도 늘 업혀 살았다. 그 아기가 다 큰 어른이 되어 지금도 우량아의 체격으로, 점점 작아져가는 엄마를 업고 걷는다. 햇볕이 내리쬐는 늦여름 한낮에 엄마를 업고 걸어가는 막내 동생의 뒷모습을 보고 마냥 눈물을 쫠 수는 없는 노릇이었다.

서래마을 살던 시절, 그 가을날에도 강변의 갈대숲을 보러 오빠를 앞세워 가족이 함께 한강 둔치에 나갔다. 휠체어에 앉아, 이내 오빠 등에 업혀, 저물어가는 가을의 저녁노을을 바라보던 엄마는 잠시 행복하셨을까? 엄마를 업은 아들들의 심정은 그때 차마 묻지 못했다.

사랑하는 사람과 발을 맞춰 걷는 일이, 그럴 수 있다는 게 얼마나 고맙고 기쁜 일인지, 큰아들의 등에 업혀 가는 엄마의 마른 어깨를 보며 생각한다.

내가
아이였을 때

엄마의 모자

오빠가 중학교 2학년 때 즈음, 그러니까 나는 초등학생이었고, 엄마의 생일 선물을 함께 고심하다가 둘이 가진 용돈을 들고 면목동 재래시장에 갔다. 엄마의 생일은 음력 11월 15일, 갑자기 날씨가 추워져 옷깃을 여며야 했다. 어린 남매는 옷 가게와 속옷 가게를 뺑뺑 돌다가 결국 모직 흉내를 낸 검은색 혼방 모자와 양말을 샀다. 며칠째 귀가하지 않은 아버지 때문에 속을 끓이던 엄마를 위해서 우리가 겨우 짜낸 위로 겸 축하 선물이었던 셈이다. 나는 뭐가 창피했는지 오빠가 가게 아주머니한테 셈을 치르고 모자를 살 때 기둥 뒤에 살짝 숨어서 그 모습을 지켜봤다. 우리는 모자와 양말을 종이 포장지에 싸서 들고와, 부부 싸움 뒤 푸념과 원망을 늘어놓다가 이내 자식들 먹일 저녁밥을 짓는 엄마에게 드렸다. 내가 봐도 잘생기고 공부 잘하는 우리 집 장남, 엄마가 유독 아꼈던 오빠가 씩씩하게 넙죽 절을 했다. 나는 괜히 쑥스럽고 서러워서 손등으로 눈물을 닦았다. 아버지가 돌아오지 않는 밤, 엄마의 생일이 그렇게 지나갔다.

창피함을 배우다

여섯 살 때였다. 전농동 살던 시절, 엄마랑 친척 집에 다녀오는 길이었다. 엄마는 동생을 포대기에 업고 있었고 나는 엄마의 손을 놓치지 않으려 애썼지만 만원 버스 속 어른들 사이에 파묻혀 숨을 쉬기 어려울 지경이었다.

엄마는 집 앞 정류장에 내렸으나 나는 그만 한 정거장을 지나쳐 겨우 내릴 수 있었다. 당연하게도 내 손에 쥐고 있던 종이돈을 차비로 냈다. 엄마를 잃어버릴까 봐 눈물 바람으로 한 정거장을 뛰어, 기다리고 있던 엄마에게 달려갔다. 엄마는 혀를 차며 나를 맞았고, 아까 준 돈은 어디 있느냐고 물었다. 차비로 냈다고 하니 대뜸 내 뺨을 때렸다. 엄마가 냈는데 왜 또 냈느냐며. 느닷없이 뺨을 맞아 아프기도 했지만 지나가는 사람들이 우리 모녀를 쳐다보고 있다는 사실에 창피한 게 더 컸다. 여섯 살 어린 나이에도, 그깟 돈이 뭐라고 이 길가에서 나를 때리나 하는 생각에 엄마가 몹시 원망스러웠다. 이날의 기억은 사십 년이 넘은 지금도 잊지 못한다. 분하고 억울하고 창피하고. 내가 좀 더 컸으면 "내가 뭘 잘못했냐구요. 돈 내지 않고 내리는 게 잘하는 짓인가요?" 하며 악악거리고 대들었을 것이다.

부당하게 감정적인 엄마의 모습을 처음 본 날이었다. 아쉽게도 엄마는 그 뒤로도 자주 그러셨다.

엄마가 만들어준 옷

어린 시절 입던 옷들은 왜 대체로 선명하게 기억이 나는 걸까? 몇 벌 안 돼서? 지금보다 기억력이 좋아서? 그중 엄마가 만들어주신 옷은 지금도 손에 잡힐 듯하다. 까만 치마에 까만 어깨끈을 엑스 자로 꼰, 이른바 점퍼스커트와 속이 훤히 다 비치는 꽃무늬 원피스가 가장 또렷하게 남는다. 그 원피스는 어깨에서 묶는 스타일의 옷이었는데 아쉽게도 속이 비치는 옷감이어서 팬티가 다 보일 지경이었다. 요즘 말로 '시스루 룩'이라고 할까. 엄마는 안감 대는 걸 잊으셨는지, 꼬마는 팬티쯤 비쳐도 괜찮다고 생각했는지 그냥 안감 없이 만들어 입혀주셨고, 난 그 분홍빛 하늘거리는 천이 예뻐 창피 따위 모르고 신나게 입고 다녔다.

어느 날 학교 운동장에서 신나게 축구를 하던 오빠를 기다리다가 둘이 함께 집으로 돌아오던 저물녘이 문득 그립다. 평평한 길 대신 공사장 옆에 쌓인 벽돌 위를 일부러 깡충깡충 밟으며 동네 어귀에 들어섰을 때, 집집마다 밥 짓는 냄새, 개 짖는 소리가 가득했던 그 골목에 들어서서 반갑게 엄마를 불렀지.

그날 엄마는 무슨 생각이었는지 밀레의 〈만종〉 그림 액자를 사와서는 벽에 걸고 계셨다. 이발소와 작은 교회 복도 같은 곳에 걸려 있던 그림, 싸구려 액자지만 나는 태어나서 '명화'라고 불리는 걸 그날 처음 봤다. 그때시었을까, 그 풍경이 오래 가슴

속에 있다. 갓 태어난, 내 바로 밑 여동생은 천장에 매달아놓은 요람 위에 누워 있고. 이후에는 집에서 거의 볼 수 없었던 밀레의 그림, 그리고 흔들 요람. 행복했던 그날 저녁.

여동생과 어느 날

먹고사는 것에 언제나 헉헉대던 부모님은 일용할 마음의 양식까지 마련하는 데는 차마 여유가 없었나 보다. 집 안에 변변한 동화책이 몇 권 없던 터라 책 읽기에 늘 굶주렸다. 사촌 집 공부방 한 켠에 멋지게 꽂힌, 계몽사에서 나온 '소년소녀 세계문학전집' 오십 권의 위용은 실로 부러웠다. 갈 때마다 서너 권씩 빌려와 읽던 그 반짝이는 주홍색 하드커버, 『소공녀』『작은 아씨들』『쿠오레』『에밀과 탐정』 같은 책은 초콜릿처럼 달았다. 어떤 때는 동네에 사는 같은 반 친구 집을 찾아가 나머지 책들을 빌렸다. 여러 번 손을 내민 게 민망해서 착한 여동생을 구슬러 앞장세운 날도 있다. 토요일 오후, 붉은 벽돌의 아담한 단층집 철 대문이 열리고 순한 얼굴의 친구가 동생을 맞았다.

"언니가 『사랑의 집』 좀 빌려달래요."

골목 끝에 있던 그 친구 집 담벼락에는 장미 넝쿨이 우거져서 향기를 뿜어내고 오후의 햇빛이 동생의 뒷모습 너머로 늘어져 있던 풍경을 나는 그 골목 끝에 숨어서 지켜보았다. 침을 꼴깍 삼키며.

사십 년이 흐른 지금도 여동생(심보경)은 여전히 궂은일도 마다하지 않고 나선다. 짝이 되어 귀한 책을 빌리러 동네 골목을 함께 걷듯이, 지금도 영화 일을 의논하고 머리를 맞대며 어떨 때는 앞장서기도 하고 뒤에 서기도 한다. 참 이상하게도 여동생을 생각할 때면 그 수많은 장면 중에서 유독 그날의 풍경이 떠오른다.

해달라면 다
해주는 사람

　엄마는 지독하게 헌신적인 사람이었다. 물 달라고 늦은 밤 깨워도 벌떡 일어나 냉수를 떠다 바치는 여자였다. 오빠가 학교 가는 아침에는, 언제나 새벽같이 일어나 흰쌀밥을 지어 큰아들이 좋아하는 멸치 볶음과 계란 부침, 구운 김이 올라간 밥상을 차렸다. 아직 이불에서 잠이 덜 깬 상태로, 오빠가 뜨거운 밥을 후후 불며 김에 싸서 우적우적 썹던 소리가 어제처럼 생생하다. 전기밥솥 없이 살던 시절, 아침마다 밥을 짓는 엄마. 다른 엄마도 다 그랬나요?

　초등학교 5학년 때 엄마한테 화실에 보내달라고 떼를 썼다.

그림을 곧잘 그려 칭찬도 받고 미술 대회에 나가 상을 받던 터라 더 배우고 싶었다. 친한 친구가 화실을 다니는 것도 부러웠고. 막무가내 떼쓰기로 엄마를 이겨 화실에 나가 그림을 그렸다. 며칠은 흥이 났지만 곧 시들해졌다. 화실에 나가 그림 그리는 일이 매일 반복되자 되레 지겨워졌다. 그것도 모르고 엄마는 첫 달 수업료를 생활비에서 쪼개 내주셨다. 두 번째 달에는 수업료가 밀리고 말았다. 시간이 지나 엄마가 직접 화실 선생님을 찾아와 며칠만 기다려달라며 머리를 숙였다. 그때 나는 그림을 그리다 화실에서 내준 간식을 먹고 있었지, 아마. 석 달을 채 못 채우고 화실 다니기를 그만두었다. 수업료 내는 일도 부담이었고, 나 역시 더 이상 흥미가 생기지 않았으므로. 세 번째 달에는 엄마가 주민등록증을 맡기고 며칠만 더 참아달라며 부탁했다.

헌신적인 엄마를 새끼 악마처럼 부려먹은(!) 일은 이 밖에도 무수히 많다. 그러면서 우리 사 남매의 독립심과 생활력 또한 나이 먹을수록 쌓여갔다. 엄마는 '묵묵히 무조건 헌신하는 사람'은 아니었다. 하소연과 푸념도 양념처럼 그 헌신에 얹었다.

"내가 얼마나 고생하는지 늬들은 모른다. 남편 복 없어 내가 이 고생이다."

엄마가 젊었을 때에는 낮잠 자는 모습을 거의 본 적이 없을 정도로, 손에서 부업 일도 놓지 않았다. 봉투를 붙이고, 인형 눈을 붙이고, 박카스 병 비닐 마개를 만들고, 병풍 수를 놓고, 또, 또……. 스물네 시간 그러고 있는 엄마 곁에서 빈둥거릴 수만은 없는 노릇이었다. 우리도 도와야 했다. 밥도 알아서 차려 먹고 빨래도 돕고 청소도 해야 했다.

엄마가 얼마나 고생하는지는 말과 행동으로, 그야말로 온몸으로 충분히 보여주고 있으니 어쩔 수 없잖은가. 엄마의 헌신은 어느 정도 '기브 앤 테이크'라는 야속함이 들 때도 있었지만, 돌이켜보면 그건 아주 어리석은 생각이었다. 엄마가 우리에게 말하고 보여준 것보다 더 고생하며 사셨다는 건 시간이 많이 지난 다음에, 어른이 되어서야 더 자세히 알 수 있었다.

결국 엄마는 '지독하게' 우리를 사랑했다. 그 집착에 가까운 사랑이 벅차 엄마 살아생전엔 마음 한쪽이 무거웠고 돌아가신 다음에는 그토록 오래도록 사수 놓았을까?

내게로 온 것

엄마의 자리

어렸을 적 황당한 사고로 한쪽 눈의 시력을 잃은 엄마는 이후에도 여러 번 수술대에 올라야 했다. 아버지의 사업이 동업자와의 관계로 풍비박산 나자, 그동안 셀 수 없이 많은 이사 후 겨우 안식처를 찾듯 십 년 동안 둥지를 틀고 산 휘경동 집마저 처분해 넘기는 지경에 이르렀다. 서울이라는 거대 도시의 변두리만을 떠돌던 우리 가족은 드디어 가장 끝자락인 망우리로 밀려나고 말았다.

낮에도 불을 켜야 할 정도로 어두운 반지하 집으로 이사하던 날, 결혼하고 따로 나가 살던 오빠가 도우러 왔다. 그날 오빠가 눈물 흘리는 모습을 처음 보았다. 집이 너무 좁아져서 물건이며 가구며 옷이며 되는대로 쌓아놓고 임시 거처처럼 살 수밖에 없었다. 휘경동 집에서는 작지만 그래도 집 앞 손바닥만한 마당에 채송화나 백일홍, 봉숭아꽃도 자라고, 동생과 같이 쓰는 방이었지만 빨간 체크무늬 천을 시장에서 끊어와 커튼과 책상보로 만들고 나름 예뻐 보이는 액자도 걸어놓았는데……. 그래도 우리는 여전히 회사도 학교도, 열심히 씩씩하게 다녔다.

다시 바닥까지 가난해진 현실 때문이었을까. 망우리의 반지하 집에서 엄마는 어느덧 암을 키우고 있었다. 이상을 느껴 병원에 갔더니 유방암 3기란다. 가족 중 누군가 암에 걸린 걸 직접 확인하기는 처음이었다. 언제나 집을 지키고 살던 엄마가 병원에 입원하자 우리 집은 단번에 황량해졌다. 그때 문득 깨달았다. 엄마는 단 하루도 집을 비운 적이 없다는 사실을.

나와 동생은 오빠의 월계동 신혼집에 머물면서 회사에 나가고 학교에 갔다. 막내는 외갓집 차지였다. 엄마는 수술하는 날 벽에 기대서 울던 사 남매를 뒤로하고 수술실, 회복실, 입원실을 기쳐 한 딜이 재 인 되어 들아왔다.

예전처럼 건강한 모습을 다시 찾기까지는 그 뒤로 수년이 걸렸다. 항암 치료 때문에 고통스러워하셨고 머리카락도 빠지고 우울과 짜증이 더해졌다. 그러나 꿋꿋이 암과 싸우는 모습은 잃지 않았다. 삶은 한쪽을 도려낸 가슴과 더 수척해진 얼굴로도 엄마에게 식구들 건사와 살림을 책임지웠다. 우리는 다시 일상의 풍경을 회복해 언제나처럼 늦잠을 자고, 허둥지둥 일어나 엄마가 차린 아침을 먹고, 일터로 학교로 향했다.

일 년이 지난 뒤 우리는 좀 더 밝은 반지하 집으로 이사할 수 있었다. 다세대 주택이 여기저기 마구 들어서던 시절이었다. 방이 조금 더 넓고 햇빛이 조금 더 들어오는 곳, 가구들이 자리를 차지할 수 있는 정도에, 아픈 엄마를 위해 월급을 모아 산 새 냉장고와 전자레인지, 세탁기 등이 비좁게나마 놓일 수 있는 집. 그러나 엄마는 그곳에서 또 새로운 병을 얻으셨다.

몇 날 동안 땀을 흠뻑 흘릴 정도의 신열과 고통 끝에 담석증이라는 진단을 받고 수술을 해야만 했다. 그것도 일 년 사이에 연이어 두 번이나. 엄마는 칼을 댄 흔적을 가슴에, 옆구리에 연이어 새긴 셈이다. 우리 가족은 신기하게도 이렇게 지독한 엄마의 불행도 묵묵히 받아들였다. 하늘을 원망하거나 종주먹을 날리지도, 침을 뱉으며 욕하지도 않은 채. '도대체 왜 착하기만 한 우리 엄마에게 이런 일이 계속되는 걸까'라고 곱씹으며 눈물을 흘리는 정도였다. 통각이 다른 이들보다 둔한 사람들도 아닌데, 기쁜 일에는 손뼉 치며 좋아하고 슬플 때는 큰 소리로 우는 사람들인데, 유독 가난과 질병 앞에서는 얌전한 고양이처럼 머리를 숙였다.

서른 살이 되어서 나는 의도하지 않게 회사 생활을 그만두고 프리랜서 영화 마케터가 되었고 집에서도 분가했다. 여동생은 결혼했고 부모님과 막내 동생은 평촌의 임대 아파트로 거처를 옮겼다. 나 역시 태어나 처음 가본 동네에 혼자 살 집을 마련했다. 혼자 부동산 중개소를 돌아다녀 살 집을 구하고 살림살이를 마련하고 벽지며 장판을 골랐다.

태어나서 정확히 삼십 년이 지나 처음으로 엄마와 떨어졌다. 내 한쪽 옆구리는 허전했지만 그보다는 자유로워졌다는 기쁨이 더 컸다. 짐을 싸서 트럭에 싣고 나오던 날 엄마는 웬일인지 나 어렸을 때처럼 내게 큰 소리로 화를 내서 나 역시 어린아이처럼 대들었지만, 그건 떨어져 사는 것을 아쉬워하는 서투른 표현이었다고 생각한다.

　사 년이 흘러 결혼을 하고 출산을 하고 딸 승채가 돌을 맞을 즈음, 육아를 도움받고자 평촌의 부모님을 내가 사는 아파트 단지의 다른 동으로 이사 오시게 하면서, 엄마 품에 찰싹 붙어 사는 큰딸로 돌아가게 되었다.

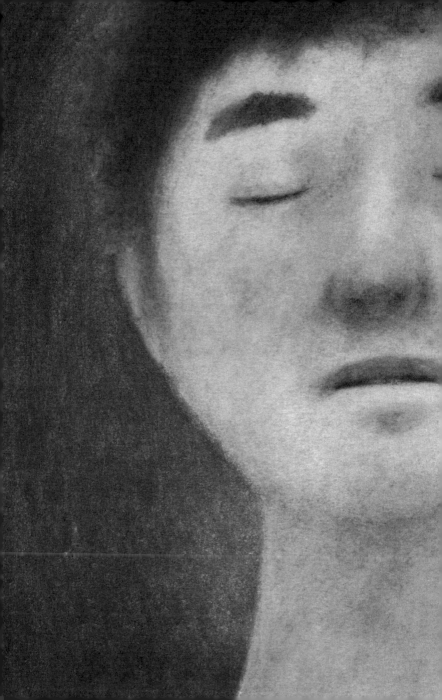

새로운 행복

　부모님과 같은 동네에 사는 나날은 평화로웠다.

　엄마는 예전처럼 건강한 모습으로 주위 사람들과 다정한 친분을 쌓으셨다. 승채는 생후 사 년이 될 때까지 정성으로 돌봐주신 아주머니가 그만두신 다음, 어린이집 일과가 끝나면 외할머니 품에서 지냈다. 엄마가 명랑하고 유머 감각이 넘치는 귀여운 여자라는 사실을 그 무렵 비로소 알게 되었다. 예쁜 꽃과 나무에 감동하고, 높은 톤의 목소리로 노래를 즐겨 부르며, 아이와 온몸으로 씨름하며 놀아주는 씩씩한 할머니라는 사실을. 매일 저녁 아이를 데리러 가면 엄마는 시시콜콜 그날 아이와 있었던 일을 이야기해주신다. 같은 층의 젊은 엄마랑 그 집 딸과 당신 손녀를 두고 누가 더 똘똘한지 은근히 경쟁을 벌인 일이며, 옆집 할머니랑 음식을 나누어 먹은 일, 아파트 경비 아저씨와의 소소한 말다툼, 동네에 새로 일어난 일 등등.

손녀 돌보는 일을 그럴 수 없이 극진하게 정성을 다하셨다. 가난한 살림과 병마와 싸워야 했던 삼십 대에서 오십 대를 보내고 엄마는 이제 평안을 찾은 듯 말씀하셨다.

"내가 이렇게 한가해도 되는지 모르겠다. 참 편안하고 하루하루가 즐거워."

엄마의 삶에 비로소 윤기가 돌던 시절이라고 해도 좋을 것이다. 겨울이면 만두를 수백 개쯤 만들어 냉동고에 쌓아놓고, 만두라면 사족을 못 쓰는 막내아들이 집에 들르길 기다리셨다. 아파트 베란다에 갖가지 식물들이 엄마의 정성으로 반드르르 윤기가 흘렀다.

"잘 잤니? 물 많이 먹어라……."

엄마는 매일 물을 주면서 그 식물들에게 말을 걸었다. 한시도 손을 쉬지 않았던 엄마는 그 노는 손이 허전했는지 집으로 배달되는 신문 속 광고 전단지 같은 걸 빠짐없이 모아 모양 좋게 그릇 받침 등을 만들어 쓰셨고 자식들에게도 나눠주며 좋아하셨다. 내가 이따금 신문이나 잡지에 나오는 날이면 어김없이 스크랩해서 보관하셨다. '○○일보, ○○년도 ○월 ○일'이라는 메모와 함께. 크게 나온 인터뷰 기사는 액자를 사와 벽에 걸어놓고 좋아하셨다.

어렸을 때 느꼈던, 부당하게 감정적이던 엄마의 모습은 흔적 없이 사라졌다. 여느 집 모녀 관계처럼, 결혼을 하고 출산을 경험한 딸은 이제 엄마와 친구가 되어갔다. 그 격했던 엄마의 감정 표현은 몹시도 신산스러운 삶을 견뎌야 하는 아내이자 엄마로서 나올 수밖에 없었던 모습임을 나는 시간이 한참 흐른 뒤에야 알게 되었다.

실천하는 사람

엄마와 같은 아파트 단지에 살던 때, 주말이면 엄마와 딸, 손녀가 사우나에 가거나 마트나 백화점에 가거나 도심의 고궁 나들이를 하거나, 무엇이든 함께 했다. 어디 가자고 하면 엄마는 말없이 따라나섰다. 돌이켜보면, 그때 매번 따라나서면서 진짜 좋으셨을까 생각한다. 피곤하니 안방에 누워 낮잠을 청하는 게 더 낫겠다 싶은 생각도 하지 않으셨을까? 엄마는 한 번도 싫다고 거절하지 않으셨다.

"돈 많이 쓰지 마라. 무조건 아껴야 돼."

"나는 아무거나 괜찮아. 뭐 아무기나 먹자."

"에이, 그럴 거 없어. 지금 입는 옷도 충분하다."

외출에서 엄마의 반응은 대체로 이러했다. 자식이 우기듯 모시고 나가 무엇이든 먼저 권하면 마지못해 응하는 모양새가 되었다. 그러나 곧 "야, 여기 참 좋구나, 좋아" "진짜 맛있게 먹었다. 이렇게 맛있는 거 처음이네" 하며 기뻐하셨다. 엄마는 평생 자신이 무엇을 원하는지, 무엇을 욕망하는지 표현하지 않는 사람, 또는 그러려고 애쓴 사람이었다. 평생 잔소리를 입에 달고 살긴 하셨지만.

"일찍 들어와라. 방 좀 깨끗하게 써라. 물건 좀 곱게 다뤄. 이 닦고 자. 인사 좀 제대로 해. 절약 정신 좀 배우렴. 세수 좀 꼼꼼하게 해. 문지방 위에 올라서지 마라, 복 나간다. 전화 좀 하면 손가락이 부러지니. 머리가 왜 그 모양이니……."

잔소리꾼 엄마 때문에, 솔직히 나 스스로가 마음에 든 적이 별로 없다. 지금도 엄마한테 원망스러운 부분이기도 하다. 나는 절약할 줄 모르고, 지저분하고, 게으르고, 무뚝뚝한 딸. 게다가 여기에 "지 애비 닮아서……" 하는 말까지 듣게 되면 낙담의 끝을 보게 된다. 그래도, 그래도 다행인 건 엄마는 '이런

삶이 진리니라' 하는 설교는 단 한 번도 하지 않았다. 주의 주장을 하지 않는 사람, 그저 몸으로 행동하고 실천하는 사람이었다고 할까. 내게 어떤 사람이 되라고 하거나 어떤 일을 하는 사람이 되라고 한 적이 한 번도 없었으니.

그런 엄마 덕분에 나 스스로에 대한 자신감은 별로 없었지만, 어떻게 살고 싶다, 무엇이 되고 싶다 하는 것에 대해서 절실하고 절박하게 꿈을 꿀 수 있었다. 엄마는 다만 가난하게 키운 걸 미안해했고, 부부의 불화로 온 집안이 뒤뚱거렸던 날들을 안타까워하셨을 뿐. "자신의 앞가림을 하면서 남한테 폐 끼치지 않고 성실하게 살기를 바라……" 하고 말한 적 없이 그냥 엄마가 그렇게 사는 모습을 보여주셨다.

승채가 어렸을 때 이야기다. 유치원에서 '아껴 쓰기'에 대해 말하면서 "우리 할머니는 나를 목욕시킨 물로 세수도 하시고 걸레도 빨고, 그 물을 화초에 먹여주세요"라고 발표했다가 친구들이 "웩, 더러워" "으, 뭐야" 하고 놀렸다며 퇴근해서 돌아온 내게 일러바쳤다. 상기된 얼굴로 내게 낱낱이 전하는 승채의 모습이 귀여워서 웃었다. 선생님이 정색하며 그건 아주 좋은 절약 습관이라고 칭찬해주어 그나마 기분이 좋았다고 덧붙였다. 오랫동안 할머니와 함께 지낸 내 딸은 어쩌다 나와 마트에 가 물건을 살 때면 지금도 "엄마, 꼭 필요한 것만 사요. 돈 좀 아껴 써요" 하며 내내 잔소리를 늘어놓는다.

발병

　승채가 초등학교에 입학했다. 승채는 생후 사십 개월이 되었을 때부터 아파트 단지 내 구립 어린이집을 이 년 동안 다녔는데, 난 유치원은 더 좋은 곳을 보내겠다며 샅샅이 훑었다.

　'여긴 너무 아이들이 많아.'

　'거긴 차도와 너무 가깝고. 아이들 야단치는 소리도 이따금 들렸던 것 같아.'

　아파트 단지에 있는 유치원들을 돌아보고 마음속으로 퇴짜를 놓으며 극성을 부렸다. 그러다 문득 기억이 떠올랐다. 대학교 때 친한 친구아 도신익 한 여자대하 교정을 산책하다가 단

층의 아름다운 유치원을 발견하고는, 숲 속에서 보석을 발견한 마음으로 유리창에 코를 박은 채 그 유치원 안의 작은 책걸상과 알록달록한 교구를 넋을 잃고 본 기억이었다.

'그래, 그곳에 승채를 보내자.'

덜컥 입학원서를 냈고 추첨 끝에 오후 네 시 반에 끝나는 종일반에 붙었다. 셔틀버스가 없는 곳이어서 아침에는 내가 아이를 데려다줬고, 끝나는 시간에는 아버지가 운전을 하셔서 승채를 데려왔다. 엄마는 단 하루도 빠지지 않고 조수석에 앉아 그 길을 함께 다녔다. 유치원 수업이 끝날 때를 함께 기다리는 엄마들과 도란도란 이야기를 나누고, 또 엄마처럼 보호자로 매일 오시는 할머니, 할아버지 들과는 퍽 친해지기도 하셨다. 오래된 나무들이 숲을 이룰 만큼 울창하고, 역시 오래된 건물 사이에 얌전하게 자리한 그 유치원에 오가는 엄마의 모습도 평화로워 보였다.

"승채 할머니, 이 년 동안 애 많이 쓰셨어요."

"아이구 선생님, 별말씀을요. 우리 손녀 잘 돌봐주셔서 고마워요."

승채의 졸업식 날, 엄마는 유치원 선생님과 다정하게 포옹하며 눈물을 보이셨다.

"재명아, 난 이 두 해 동안이 참 행복했어."

엄마는 진심으로 내게 그렇게 얘기해주셨다. 좋은 환경의 유치원에 아이를 보내겠다는 욕심으로 부모님께 노역을 하게 한 딸에게는 더없이 고마운 인사였다.

남편과 나는 초등학교도 그곳에 보내고 싶었으나 더 이상 우리 욕심만 차리지 말자고 생각을 고쳐먹고 단지 안에 있는 학교에 아이를 입학시켰다. 부모님 집과 우리 집의 가운데에 있는 작은 사립학교였다. 키 순서로 2번인 아이가 커다란 교복을 입고 큰 가방을 어깨에 멘 채 할머니 댁으로 돌아오는 시간이 되면, 엄마는 어김없이 복도에 나와 승채를 내려다보았다.

"저 멀리서 승채가 걸어오면 어찌나 귀엽고 예쁜지 마음이 미어질 정도라니까……."

질리지도 않는지 매일같이 반한 목소리로 말씀하셨다.

늦은 밤 회사 일을 마치고 엄마 집에 들러 아이를 데리고 나올 때면 밤이 늦어 위험하다며 어김없이 따라 나오셨다. 150센티미터의 작은 할머니가 무슨 대단한 보디가드라도 되는 양 우리와 길을 함께 걷다가 길목 중간쯤에서 돌아가시고는 했다. 집에 도착하면 틀림없이 들려오는 엄마의 확인 전화 벨 소리.

그날은 승채가 초등학교에 입학해 처음 맞는 운동회 날이었다. 첫째나 둘째, 외둥이를 학교에 보낸 젊은 엄마들이 준비한 음식이 작은 운동장에 가득하고 휴일을 맞은 아버지들까지 나와 배구 솜씨를 뽐내며 목청을 돋우는 활기찬 교정 풍경, 5월의 화사한 햇살 속에 어느 극성맞은 엄마가 가져온 육개장용 대형 솥까지 등장했다. 엄마도 승채의 운동회가 못내 궁금했는지 운동장 한 귀퉁이에 스윽 나타나셨다. 아이 엄마들과 둘러앉아 점심 도시락을 펼쳐놓는 자리에 엄마도 끼어 앉으셨다. 비스듬히 모로 앉아 겸손하게.

"승채 할머니, 어서 편하게 앉아서 맛있게 드세요."

젊은 엄마들이 내 엄마의 손에 숟가락과 젓가락을 들려준다.

그런데, 이상했다. 젓가락질을 하는 엄마의 손놀림이 영 불편해 보였다. 젓가락으로 음식을 집다가 그만 흘려버리셨다. 엄마는 살짝 부끄러운 표정으로 포크를 대신 집어 들었다. 얼마 전부터 손가락 끝이 기분 나쁘게 저릿저릿하다던 엄마의 이야기가 퍼뜩 떠올랐다. 그 무서운 병의 낌새를 처음 안 순간이었다.

그러고 보니 오른손 손가락들이 감전된 듯 찌릿찌릿하다고 하신 지가 꽤 되었다. 이제 손가락 힘도 빠져 젓가락 쓰기가 불편하다고 하셨다. 운동회가 지나고 며칠 뒤 엄마를 모시고 대학 종합병원 내과에 가서 정밀 검사를 받았다. 진단 결과 디스크의 일종인 것 같다는 얘기를 의사에게서 들었다. 수술할 만큼의 상태는 아니니 더 두고 보자고도 했다. 처방전과 약을 받아 집으로 돌아온 뒤, 불편한 손을 고친다며 엄마는 한의원에 가 침도 맞고 동네 내과에 가 물리치료도 받으며 열심이셨다. 그러나 이제 손가락 자체가 말을 듣지 않을 정도로 굳어가고, 숟가락을 드는 데 몹시 힘이 들었다. 내과에서 신경과로 옮겨 다시 이런저런 검사를 받은 다음 의사로부터 들은 병명은 태어나서 처음 듣는 것이었다.

"근위축측상경화증이라는 병입니다."

젊은 의사는 두툼한 두 손을 모으고 담담하게 입을 열었다.

"네?"

"아, 많이 알려지기로는 루게릭병이라고도 하죠."

엄마는 아무것도 모르겠다는 눈빛으로 의사와 나를 번갈아 바라보셨다.

우리 가족은 어안이 벙벙했고 도무지 감을 잡을 수 없었다. 영원히 고칠 수 없는 병이라는 것도, 약물 치료는 병의 진도를 지연하는 데만 도움이 될 뿐이라는 사실도 처음에는 정확히 몰랐다. 마사지를 받거나 기 치료를 받는 일 같은 건 그만두었다. 인구 십만 명 당 한두 사람이 걸릴 병, 발병 원인도 모르고 완치도 될 수 없는 병이라는 사실을 확인하면서, 가족이 모두 모여 엄마의 병을 걱정하며 소리 내어 울었다. 아홉 시 뉴스 시그널 음악이 울리는 거실에 앉아. 그날 엄마는 울지 않으셨다.

2003년 9월, 아는 분의 소개로 이 병의 전문가라는 의사가 있는 다른 대학 병원 신경과에 모시고 다니기 시작했다. 진료를 받을 때는 그저 별게 없었다. 요즘의 상태와 병의 진전 정도를 점검받고 지연 치료제로 알려진 '리루텍'과 비타민제 등을 받아오는 것 정도일 뿐. 병원에서 나와 처방전을 들고 근처 약

국에서 약을 한 아름 타고 집으로 돌아오는 일이 반복되었다. 희망 없는 지루한 투병 생활이 시작된 것이다. 상담을 받고, 몸의 상태를 확인하고, 약을 처방받고, 병원에서 알려준 대로 주말이면 동네 구민회관 수영장에 가 물속을 걸으시게 하는 일.

엄마는 말로는 "내가 어서 죽어야지, 가족들 고생만 할 텐데"라고 하면서, 몸으로는 담담하게 투병의 과정을 지켜내셨다. 수영장에 가자고 하면 마다하지 않고 따라나섰고 집 안에서도 의료용 지팡이에 의지해 거실을 천천히 오가며 여러 번 걸으셨다. 되도록이면 몸을 움직이려고 애를 쓰셨다. 처음에는 사지 근육의 위축이 시작되면서 손에서 팔, 어깨로 전이되어 움직임이 부자연스러워지고 힘들어졌다. 그러니까 의학적으로 말하면 '뇌의 신경 체계, 특히 운동 신경원의 퇴행이 진행되어 뇌의 신경이 파괴되면서 나타나는 것인데, 뇌의 신경세포뿐만 아니라 뇌간과 척수의 신경 체계와 전신에 퍼져 있는 수의근을 담당하는 신경세포에도 영향을 미쳐 근육들이 운동신경의 자극을 받지 못하므로 근육이 쇠약해지고, 자발적 움직임을 조절하는 능력을 상실하게 되는 것'이다.

여섯 달쯤 지나자 다리에 힘이 빠지기 시작했다. 저수지 물이 천천히 차오르듯 엄마의 발에서 종아리, 허벅지로 병은 퍼져가고 있었다. 걷기 힘든 것도 그렇지만 다리 통증이 갈수록 심해졌다. 같은 병원 재활의학과에 등록해 물리치료를 병행했다. 한 번 가면 한 시간 넘게 기다렸다가 한 시간 넘게 치료를 받아야 했다. 통증이 심해질 때면 진통을 줄여주는 약도 함께 처방받았다. 점점 쇠약해지는 심신에 물리치료까지 받고 나오는 날이면 엄마 얼굴이 더 핼쑥해지곤 했다.

의료용 지팡이를 짚고 힘들게 엘리베이터를 타고 내려와 자동차에 간신히 올라타고 병원에 가면, 병원에 비치된 휠체어를 타고 온통 사람들로 북적이는 복도를 지나 신경과 앞에서 꽤나 오래 기다린다. 이 병의 권위자라는 의사 앞에 앉아 엄마와 나는 그저 무기력하게 짧은 이야기를 듣는 게 다다. 의사는 엄마의 무릎을 톡톡 두드려 반사 신경의 정도를 알아보고 눈동자를 보고 혀를 살피고 손을 주물러본다. 식사량을 묻고 소화 여부를 체크한다. 엄마는 어리석게도 "이게 옮는 병은 아닌가요?"라고 묻는다. 의사는 "에이, 무슨 말씀이세요. 열심히 약

드시고 물리치료도 열심히 하세요" 한다.

발병 초기, 엄마는 자식들도 모르게 혼자 사진관에 가 장례에 쓸 영정 사진을 찍고 거기에 꼭 맞는 액자까지 맞추셨다. 살이 마구 빠져나가기 전, 이유를 알 수 없이 몸과 얼굴이 붓던 때였다. 아주 딱딱한 표정으로 노란 한복 저고리까지 갖춰 입고 카메라를 바라보는 엄마의 영정 사진을 받아들고 무슨 말을 할 수 있으랴.

"나 죽으면 이 사진 써라. 미리 준비해놨으니……."

엄마의 부지런함이기도 했지만 자식들에게 어떻게든 폐 끼치지 않으려는 극진한 마음 씀씀이였다. 엄마, 좀 웃지. 이렇게 무섭게 근엄한 표정은 뭐람?

그뿐만이 아니라 오빠를 대동하고 자신이 묻힐 납골당까지 알아보러 다니시고는 분당에 있는 공원묘지 한 칸을 구입하셨다. 오빠에게는 그동안 살림 아껴가며 모은 돈을 내놓으며 보태라고 하셨다. 참 끔찍하게 깔끔한 우리 엄마. 자식들에게 짐이 되는 걸 지독하게 싫어했던 엄마, 그 성격에 사 년의 투병과 그중 마지막 일 년의 고통스러운 시간을 얼마나 건디기 힘드셨을까. 그런 엄마 덕분에 우리는 작별 인사 없이 떠나신 엄마의 장례 준비 때 급하게 영정 사진을 준비하지 않아도 되었다. 돌아가신 뒤 어디에 어떻게 모셔야 할지 머리를 맞대고 고민하지 않아도 되었다.

2004년 봄, 태어나서 처음 강북이 아닌, 행정구역으로 서초구에 사무실을 얻고 집도 따라 이사했다. 회사는 십 년간의 종로 생활을 정리하고 강제규필름과 합쳐 MK픽처스로 이름을 바꿔 달았고, 백여 평의 넓은 공간을 세 층 쓰면서 거의 마흔 명이 넘는 사람들이 근무하는 큰 규모의 회사로 거듭났다. 본연의 일이었던 영화 제작뿐만 아니라 투자와 배급, 중국 극장 사업까지 펼치는 등 많은 일을 도모했다. 아직은 낯선 두 회사 사람들이 서로 적응해나가기 시작하면서, 함께 워크샵을 가고 밥을 먹고 회의를 하는 등 정신없이 바쁜 나날이었다. 내 인생에서도 가장 벅찬 시간이었다.

집은 회사에서 1.5킬로미터 정도 떨어진 곳에 얻었다. 돈암동 아파트 단지 내에서 이사를 세 번 했는데, 이번에는 서울 안에서도 꽤 먼 거리의 이사였다. 돈암동에서 첫돌을 맞고 이제 초등학교 2학년을 막 마친 승채는 절대 가지 않겠다며 떼를 쓰고 아기처럼 울었다. 할머니네 아파트 앞마당에서 동네 언니, 친구 들과 뜀박질을 하고 줄넘기를 하고 롤러블레이드를 타던 그 즐거운 날들이 끝난다는 아쉬움과 낯선 곳에 대한 두려움 때문이었으리라. 이틀간 떼를 쓰고 버티던 아이도 수그러들고, 이제 우리는 각자 살던 두 집을 합치기로 했다. 갈수록 병이 깊어가는 엄마와 같이 살아야 한다는 생각이었다. 이사 앞뒤로 일주일 동안 오빠 집에 머물렀던 엄마가 서래마을의 새집에 도착하셨다. 프랑스 학교와 와인 바와 이국적인 레스토랑이 늘어진 풍경에 낯설어하던 아버지와 엄마. 가족의 부축을 받아 어렵게 거실에 앉은 엄마는 "참 넓고 좋구나"라고 띄엄띄엄 말하셨다. 그리고 그날부터 삼 년이 채 안 돼 눈을 감으실 때까지 엄마는 그곳에서 서서히 사그라들었다.

휠체어 여행

사 남매가 돈을 모아 엄마의 휠체어를 샀다. 의료용 지팡이를 짚고 걷던 엄마는 이제 실내에서도 지팡이 없이는 힘들어하셨다. 새로 이사한 집의 넓은 거실에서 주방으로, 화장실로 갈 때 꼭 필요했다. 일 년쯤 지나자 이제 엄마는 걸을 수 없게 되었다. 휠체어에 앉아서 엄마는 가늘어진 손목에 애써 힘을 주어 바퀴를 움직였다. 휠체어에 앉으려면 사람들의 도움이 필요했다. 반짝 안아서 침대에서 휠체어로 옮길 때면 점점 가벼워지는 엄마의 몸이 신기할 지경이다.

햇빛 좋은 6월의 일요일. 엄마를 휠체어에 태우고 반포천에 나갔다. 서래마을 언덕배기를 내려가 반포아파트 바로 옆 산책 길을 걸었다. 엄마의 휠체어를 밀면서 바라본 햇빛은 왜 그리 아름다운지. 땀을 닦으며 멈춘 놀이터에서 바라본 거대한 플라타너스의 나뭇잎들이 반짝이니 눈이 부셨다. 엄마는 며칠만의 바깥출입이 좋으셨나 보다. 모처럼 편한 얼굴이었다.

"힘…… 들…… 지?"

오후 다섯 시가 넘은 시간, 돌아가는 길은 조금 더 힘이 들었다. 집으로 가려면 언덕을 올라가야 했으니까. 낑낑거리면서 골목을 지나 슈퍼를 지나 성당을 지나 다시 내리막길. 평화롭고 조용하고 적막한 오후의 외출. 슬프게도 엄마와 나는 죽음을 앞두고 점점 더 이렇게 가까워지고 있었다.

엄마의 휠체어가 먼 곳까지 가게 되었다. 2005년 초 구정 연휴가 시작된 겨울, 영화 〈그때 그 사람들〉의 법적 다툼으로 세상이 시끄러웠다. 대법원에서 삭제 결정을 내린 날 아침에 이 소식이 모든 신문 첫 면에 나왔다. 영화사상 처음 있는 일이었으니 그럴 만도 했다. 회사 제작부 직원들은 삭제 명령을 받은 깅면을 빼고 개봉용 프린트를 다시 만드느라 밤을 새웠다. 영

화 일을 하면서 가장 힘들었던 순간. 남편과 동생, 착하고 헌신
적인 직원들이 함께하는데도 내 능력으로는 감당하기 힘들었
다. 얼굴에는 난생처음 아토피 반응이 일어나고 변비가 심해졌
다. 서울을 떠나 잠시 여행을 가자고 마음먹고 엄마와 승채와
제주도로 내려갔다. 엄마의 휠체어도 따라갔다.

엄마는 생애 처음이자 마지막으로 비즈니스석에 앉으셨다.
오빠가 다니는 회사의 콘도에 여자 셋이 묵었다. 지하 노래방
에 내려가 셋이서 노래를 불렀다. 승채는 마이크를 먹을 듯이
가까이 대고 노래(동요!)를 불렀고 엄마는 아주 어눌한 발음으
로 엄마의 18번인 〈과수원 길〉을 불렀다. 나는 무슨 노래를 불
렀는지 기억이 안 난다. 엄마의 마지막 노래.

"동구 밖 과수원 길, 아카시아 꽃이 활짝 폈네. 하얀 꽃 이
파리 눈송이처럼 날리네……."

다음 날 여동생이 왔고 막내 동생 가족도 왔다. 콘도가 북적
북적하고 시끄럽다. 렌터카를 타고 박물관도 식물원도 맛집도
가는 나름 즐거운 날들. 엄마를 핑계 삼은 온 가족 여행이었다.
엄마를 따뜻하게 입히고 휠체어를 밀면서 절물휴양림을 구경

했다. 눈이 오고 추운 날이지만 가족이 함께하니 마음이 포근
해졌다. 엄마는 매번 따라나서지는 못하고 숙소에 혼자 남아
계실 때도 있었다. 여행의 마지막 날, 숙소 바깥으로 엄마랑 아
침 산책에 나섰다. 검은 현무암이 깔린 길, 휠체어를 밀며 함께
북제주의 바람을 맞았다. 영화 일로 온통 시끄러웠던 마음은
잠재우고. 엄마랑 난 이렇게 추억 하나를 쌓아올린 셈이다. 그
것이 엄마의 마지막 여행이었다.

가족의 끈

엄마의 마지막 일 년, 일주일에 한 번씩 목욕을 했다. 아버지가 씻어드릴 때도 있었고, 거의 일주일에 한 번씩 모이는 가족 중 내가, 새언니가, 여동생이 맡아서 했다. 의료용 침대를 세워 엄마의 등을 안아 자리에 앉히고, 몸을 돌려 침대 밑으로 다리를 내린 다음, 엄마를 앞으로 안아 욕실 의자에 앉히는 일은 제의처럼 조금 엄숙했다. 어떤 때에는 오빠의 품에 안겨, 어떤 때에는 막내 동생에게 안겨 옮겨진 다음 욕실에서는 여자들이 엄마의 옷을 벗기고 비누칠을 하고 머리를 감겼다.

엄마는 아주 천천히 말라갔다. 아주 예전부터 익숙한 엄마의 몽실몽실 부드러운 피부는 어느덧 물기 없는 나무껍질처럼 메말라갔다. 건강했던 시절의 몸무게 50킬로그램에서 조금씩 줄어들어 40, 35킬로그램까지 내려가고, 그래서 엄마를 씻기는 일은 점점 덜 힘들어졌다. 엄마는 아기처럼 앉아 수줍고 애잔한 눈빛으로 우리에게 몸을 맡긴다. 몹시 힘들고 고통스러울 텐데도 그저 "미안해, 미안해"라고만 아주 천천히 어렵게 발음하고는 가만히 앉아 계셨다.

언제나 일요일 오후 무렵이 엄마의 목욕 시간이고 우리는 그 시간이 지나면 모여 앉아 저녁 식사를 했다. 그러고는 마흔이 다 된 막내 동생은 아내와 아이를 데리고 집을 나서며 엄마 뺨에 입을 맞추고, 오빠는 다정한 눈빛으로 "엄마, 갈게요" 하며 엄마의 손을 잡는다. 여동생은 애써 활달한 목소리로 유머 섞인 말을 날리며 인사를 한다.

엄마의 마지막 일 년 동안 사 남매가 일주일마다 거의 이렇게 모였다. 엄마의 병이, 형제자매 사이의 끈을 더 가까이 묶은 셈이다. 가족들이 다 가고 나면, 아버지와 나, 승채와 남편이 큰 집에 남는다. 밤에 잠자는 시간을 빼고 두 시간에 한 번씩 배에 뚫은 고무 튜브로 식사 대용 음료를 넣고, 엄마의 신호에 따라 오줌을 빼고 소독한다. 엄마의 대변 처리는 돌아가시는 날까지 온전히 아버지가 해내셨다. 이론상으로는 병의 정도가 몹시 심해져도 배변 능력은 사라지지 않는다는데 엄마는 이상하게도 꽤 일찍 소변 보는 근육까지 기능을 상실해버렸다.

월요일 아침이면 모두 회사나 학교에 간다. 엄마 방에 들러 아침 인사를 하고, 엄마는 눈빛으로 '잘 다녀오렴' 인사를 보낸다. 이제 아버지와 둘이 남은 엄마는 침대에 누워 그저 텔레비전을 바라볼 뿐이다. 어김없이, 냉정하게 시간은 그렇게 꼬박꼬박 지나갔다.

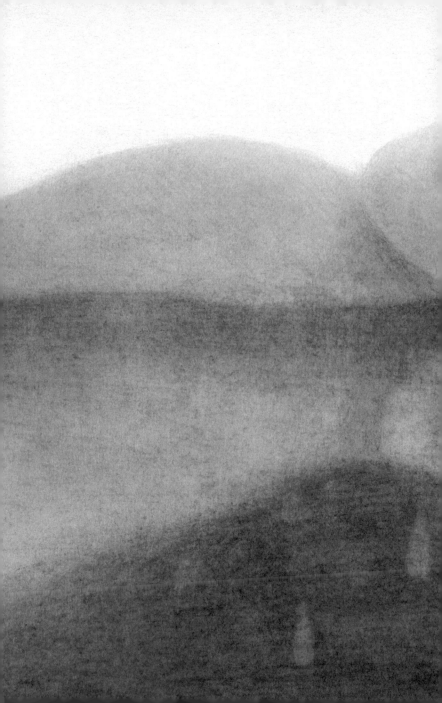

엄마의 몸

처음 엄마의 성기에서 오줌을 뺀 순간을 잊지 못한다. 딸이어서 아주 어린 시절부터 엄마의 맨몸을 봐왔지만, 수십 년 세월이 흘러 그렇게 엄마의 몸을 다시 보게 될 줄은 꿈에도 몰랐다. 손을 쓰는 게 어려워지고 걷는 것을 힘들어하다가 온몸을 움직일 수 없게 되는 병, 음식물을 삼킬 수 없게 되고 말을 할수 없게 되는 병. 병의 진행은 딱 사 년 동안 이루어졌다. 천천히 조금씩 육체라는 감옥에 갇히고 그 감옥의 문이 아주 천천히 닫히고 이내 생생한 눈빛과 정신만 그 밖을 내다볼 수 있는병, 또렷한 정신으로 완전히 죽어가기까지 자기 육체의 고통을 낱낱이 느끼는 지독하게 무서운 병.

엄마가 음식을 삼킬 수 없게 되자 병원에 가서 배에 구멍을 뚫는 시술을 받았다. 고무 튜브를 잘라 그 구멍에 꽂고 거즈와 의료용 테이프로 그 튜브의 끝을 덮어놓았다가 사용한다. 튜브는 일주일에 한두 번씩 갈아주어야 하고 소독도 잊지 않아야 한다. 엄마가 일용할 양식을 주사기에 넣어 튜브로 흘려보내 엄마의 몸속으로 넣는다. 처음에는 된장국물이나 아주 엷게 쑨 미음 같은 걸 주사기에 흘려 넣었다. 음식물이 사람의 입이나 목구멍으로 넘어가는 것이 아니라 튜브를 통해 배 속으로 직접 들어가는 모습이 무척 기괴하게 여겨졌다.

시간이 지나 음식물이 아닌 환자용 액체 유동식을 집어넣게 되었다. '뉴케어'라는 이름의 캔을 여러 개씩 부엌 선반 가득 담아두곤 했다. 아기를 막 낳아 두 시간에 한 번씩 젖병을 물리던 때가 생각났다. 아기는 날이 갈수록 살이 붙고 뽀얘지고 무럭무럭 자란다. 엄마도 두 시간에 한 번씩 먹지만, 갈수록 야위어간다.

이윽고 소변과 대변이 몸속에 쌓여도 엄마 스스로 내보낼 수 있는 능력이 사라졌다. 역시 고무 튜브를 엄마의 성기에 넣어 오줌을 빼고, 대변도 마찬가지로 그렇게 했다. 엄마의 오줌을 빼면서 생애 처음으로 엄마의 성기를 자세히 바라보았다. 그런 첫날 엄마는 수치심에 표정이 굳었다가 이내 조금 풀어져 아주 부끄러운 얼굴을 보여주셨다.

"아…… 미, 안, 하다."

하지만 그곳은 내가 처음 세상에 나온 곳이기도 하다.

엄마의 몸은 자그마하고 사랑스럽다. 날씬한 팔다리와 알맞은 젖가슴, 좁은 어깨와 잘록한 허리. 겨우 150센티미터가 조금 넘는 작은 키였지만 쪽 곧은 다리가 특히 예뻤다. 평생 날씬하셨다. 한창 건강하던 시절, 내가 사다 드린 파란 격자무늬가 상큼한 원피스를 입고 5센티미터가 채 안 되는 굽의 샌들을 신은 모습으로 거울 앞에 선 엄마를 보면서 기분이 좋아 한껏 칭찬을 해드린 기억이 있다. 미인은 아니었던 엄마였고, 스스로 못생겼다고 하도 자책을 해대서 그런 줄만 알았는데 잘못된 세뇌였다는 걸 어른이 되고 나서야 알았다. 엄마는 작고 갸름한 얼굴에, 균형 잡힌 작은 몸에, 귀여운 유머 감각이 있고 노래를 잘하고 달리기를 잘하는 날쌘 여자였다.

그 엄마가 내게 온전히 몸을 맡기고 누워 기다린다. 이 부끄러운 순간이 어서 지나가길 바라는 눈빛으로. 나는 '어쩜 엄마는 성기도 저리 소담하고 깨끗할까' 생각했다. 내가 나온 곳을 다시 확인하는 이 기묘한 순간. 엄마는 내게 참 특별한 경험을 주었다.

2005년 여름, 엄마가 갑자기 혼수상태에 빠졌다. 눈을 감은 채 숨을 몰아쉬다 호흡이 잦아지더니 의식을 잃었다. 토요일 오후, 우리도 숨을 헐떡이며 119를 불렀다. 집에서 가까운 성모병원 응급실로 한걸음에 달려갔다. 의식을 잃은 엄마는 영화 속 장면처럼 젊은 의사의 충격요법에 몸을 맡긴 채 시체처럼 누워 있었다. 우리는 그 병상 곁에 서서 무서움에 벌벌 떠는 아이처럼 엉엉 울었다. 엄마의 호흡이 정상으로 돌아오는 사이 우리는 병원 식당에서 늦은 점심을 먹었다. 울다가 먹는 밥이 맛있어서 어이가 없었다.

이제 가슴과 횡격막 근육을 조절하는 능력을 많이 잃었기 때문에 호흡부전이 온 것이다. 막막한 의심과 염려의 시간이 지나고, 엄마는 의식이 돌아오고 눈도 떴다. 엄마의 아주아주 텅 빈 눈을 그때 처음 자세히 보았다. 비로소 엄마의 손을 잡고 쑥스러워하지 않고 말했다.

"엄마, 안녕. 이제 괜찮대요. 우리 집에 가요."

더운 여름의 오후가 저물고 있었다.

두 달이 채 지나지 않아 엄마는 밤새 잠을 못 이루고, 땀을 흘리고 헐떡이며 고통스러워하셨다. 다리에 경련도 일어나고 호흡곤란도 심해졌다. 병원에서 보물 받듯이 처방받은, 모르핀 섞인 진통제를 튜브에 넣어 투약하면 간신히 그 고통이 잠시 잦아들어 잠이 들었다. 그렇게 며칠을 보내고 새벽녘, 우리를 부르는 아버지의 큰 소리에 잠이 깨 달려가 보니 엄마는 아버지의 팔에 안겨 다 죽어가는 새처럼 고개를 떨군 채 헐떡이고 있었다.

이번에는 주치의가 있는 병원 응급실로 모셨다. 하루의 응급실행과 일주일의 입원이 엄마를 기다렸다. 입원해 있는 동안 옆 병실의 누구는 숨을 거두어 흰 시트에 덮인 채 실려 나갔고, 또 누구는 밤새워 헛소리를 해대며 고통스럽게 병과 싸웠다. 모진 시간들이었다. 엄마는 다시 어느 정도 기력을 회복하고 집으로 돌아오셨다.

내 인생 가장
후회되는 일

이제 엄마의 목소리가 정확히 기억나지 않는다. 가늘고 높은 톤은 아니었지만 아주 짱짱하게 힘 있고 리듬이 빠른 목소리였다. 어렸을 때는 걱정과 하소연, 푸념, 원망, 잔소리가 태반인 그 목소리가 듣기 싫을 때도 있었다. 그러나 많은 자식들이 그러하듯 나 또한 나이를 먹고 어른이 되어 엄마와 대화하고 엄마와 화해하고 엄마를 이해하는 시간이 늘어나면서, 엄마의 목소리가 정다워졌다. 엄마가 행복하다고 내게 말했던 그 순간 이후부터는 유머 넘치는 이야기로 나를 푸근하게 안심시켰다. 화초를 푸르게 했고, 옆집 아주머니를 웃게 했다. 손자, 손녀

들은 토실토실 살이 올랐다. 엄마의 목소리와 손길로.

2002년 여름. 엄마가 아직 건강하실 때, 아버지의 생신 잔치로 온 가족이 모였다. 각자 정성껏 준비한 음식을 한 상에 올리고 마음껏, 양껏 먹고 마셨다. 아버지를 비롯해 평소 술 마시기를 즐기는 우리 사 남매는 그날따라 분위기가 올라 취하도록 마셨다. 엄마는 거실에 퍼질러 앉아 떠들어대는 우리를 연신 바라보며 식탁 모서리에 기대서서 미소를 지으셨다. 술 취한 아버지와 사 남매를 걱정하는 소리가 아니라 "아이고, 아주 날 잡았네. 잡았어"라며 사실은 몹시 좋아하는 표정을 지으셨다. 분명히 그 여름의 여유와 평화가 엄마를 기쁘게 했을 것이다. 우리는 엄마의 허리춤도 잡고 뺨도 부비고 애교도 부리면서 늦게까지 있었다.

2003년 겨울. 엄마의 일흔 번째 생신 때에도 온 가족이 모였다. 외할머니와 외삼촌, 외숙모까지 다 모인 자리였다. 엄마는 차린 음식을 포크로 천천히 드셨다. 축하의 말이 입안에서 쉽게 떨어지지 않는 분위기였다. 손을 제대로 못 쓰고 허리를 아파하는 딸 때문에 마음 아픈 외할머니의 한숨이 식탁 위에 퍼졌다. 우리 사 남매는 앉은 자리에서 일어나 "엄마, 건강하세요" "오래오래 사셔야 해요" 하며 인사했고, 누구의 제안인지 기억나지 않지만 〈즐거운 나의 집〉을 불렀다. 나는 노래를 부르다가 바보처럼 그만 울음을 터뜨렸고, 엄마는 이내 울상이 되었다. 루게릭병 환자의 스스로 가누지 못하는 일그러진 표정에 울 듯, 웃을 듯한 표정. 그래도 느리게 "고마워, 고마워"라고 이야기하셨다.

입을 열어 목소리를 내는 능력을 잃는 것은 사지 근육의 마비보다 조금 더 빨리 진행되었다. 어눌한 말투에서 완전히 소리를 낼 수 없는 지경까지 가는 데는 약 일 년이 걸렸다. 엄마 얼굴에 가까이 귀를 대고 엄마의 말을 들어야 했고, "엄마, 지금 덥다고요? 창문 좀 열까요?" 하는 식으로 되물어야 했다. 엄마는 고개를 끄덕이거나 가로저으며 답을 주셨다. 삼십 년 전의 잔소리라도 좋으니 엄마가 따발총처럼 떠들 수 있다면 얼마나 좋을까 하는 생각을 셀 수 없이 했다.

그 어눌한 문장은 이제 한 음절, 한 음절을 간신히 내뱉어야 하는 정도가 되었다. 엄마가 내뱉는 '도' '더' '음' 같은 단어를 소중하게 손으로 받아 모시듯 챙겨야 했다. 엄마는 이제 도화지 같은 평평한 것에 손가락으로 단어와 문장을 표시하면서 우리와 의사소통을 했다. 좀 더 시간이 지나 말하지 못하는 환자들이 쓰는 칠판을 마련하기에 이르렀다. 얼마 쓰지 못하고 말았지만.

돌아가시기 한 달 전, 늦은 밤 엄마는 온몸에 땀을 흘리며 고통스러워하셨다. 열이 오르고, 온몸이 아프다고 하셨다. 숨 쉬기가 힘들어 쌕쌕거렸다. 또 그때처럼 응급실로 엄마는 실려 가셨다. 대학로에 있는 서울대학교 병원 응급실은 사람들이 넘쳐나 발 디딜 틈이 없었다. 복도까지 의료용 침대를 놓고 사람들이 누워 있었다. 전쟁터가 따로 없었다. 엄마도 병실이 없어 약품이 가득 쌓여 있는 응급 처치실 안 간이침대에 누워야 했다. 계속되는 혼수상태. 막내 동생이 밤새 엄마의 곁을 지키다가 회사에 출근했다. 하루가 꼬박 지나고 엄마는 정신을 차렸다. 응급실에서 사흘을 계셨고 중환자실로 옮겨 보름을 계셨다. 신호기를 손가락으로 까닥 누르면 간호사가 와 환자를 살피고 오줌을 빼고 약 치료를 하는 나날. 죽기 직전, 혹은 이제 언제 일어날지 모를 사람들이 모인 중환자실의 공기는 무섭게 무거웠다.

매일 정해진 시간에 엄마를 보러 모였다. 손을 씻고 마스크를 쓰고 정해진 시간 삼십 분 동안 엄마를 바라보는 게 다였다. 엄마는 간호사가 불친절하다고 손가락으로 쓰면서 원망을 하셨다. 가족이 모이는 그 면회 시간 삼십 분을 제외하고는, 하루 종일 그렇게 꼼짝없이 누워 계셔야 했다. 희망 없는 중환자들 사이에서 생생한 정신과 또렷한 눈빛으로. 이제 마지막, 목에 구멍을 뚫어 인공호흡기를 달아야 하는 일이 우리 앞에 당도했다.

"인공호흡기를 달면 이런 위급한 상황은 안 생길 거예요. 몸 상태가 좋아지면 시술하는 걸로 하시지요."

젊은 의사가 우리를 모아놓고 말했다. 엄마는 눈물을 흘리며 얼굴을 몹시 일그러뜨렸고, "그만하자. 어서 죽, 고, 싶, 다"라고 하셨다. 말을 할 수 없으니 우리가 들고 간 메모판 위에 손가락 글씨로. 그러나 당연히 시술을 진행했다. 인공호흡기를 달고도 일 년을 넘게 더 사는 게 이 병 환자들이라고 했다.

시술을 하고 약 보름간의 중환자 생활을 끝낸 엄마는 일반 병실로 옮겨졌다. 아침부터 저녁까지 간병인 아주머니가 봐주셨고, 이후에는 사 남매의 가족이 돌아가며 엄마를 지켰다. 사 남매와 그 배우자들이 있다는 게 다행인 나날. 그래도 아버지가 가장 많은 시간을 엄마와 보냈다.

돌이켜보면, 내 인생에서 가장 힘겨운 시간이었다. 회사는 커지고 일은 많아지고 더 많은 사람들을 만나면서 낙담도 커졌다. 더 많은 영화를 만들고 실패도 더 많아졌다. 매일이, 매 순간이 바닥을 치는 기분이었다.

4월 1일. 엄마의 병실에 갔다. 목에 구멍을 내 튜브를 꽂았지만 표정도 밝아지고 몸을 쓰시는 요령도 좀 생겼다. 그날은 아침부터 저녁까지 내가 병실을 지켰고 밤에 새언니와 교대했다. 그 와중에 영화 두 편이 동시에 촬영을 시작한 즈음이었다.

"엄마, 편히 주무세요. 내일 지방 내려가니까 며칠 있다가 올게요."

엄마는 온화한 눈빛으로 고개를 끄덕이셨다.

4월 2일. 〈아이스케키〉 촬영 현장을 보러 여수에 갔다. 처음 가본 남쪽 도시에서 첫 촬영을 지켜보며 오후에 병실에 있는 엄마에게 간병인의 휴대폰으로 전화를 걸었다.

"엄마, 여기 여수예요. 영화 촬영 때문에 내려왔어. 내일 올라갈 거예요. 별일 없죠? 내 걱정 말고 잘 계세요."

"어, 어…… 으…… 으."

그것이 마지막 대화가 될지 그때는 몰랐다. 때로는 한 치 앞도 알 수 없는 어리석은 사람들, 그중 나.

4월 4일, 내 생일이기도 한 날. 뮤지컬 영화 〈구미호 가족〉이 서울 성북동에서 크랭크인했다. 개봉을 앞둔 〈사생결단〉의 제작 보고회도 종로의 극장에서 있었다. 두 편 다 프로듀서가 있고 특히 〈사생결단〉은 여동생이 제작 책임을 맡은 영화인데도, 아둔한 조바심과 궁금한 마음에 현장을 찾았다. '죽기 아니면 살기'라는 결기로 4월 4일에 제작 보고회를 연 〈사생결단〉, 류승범과 황정민이라는 스타들 때문에 예상보다 더 많은 취재진이 몰렸다. 꽤 쌀쌀한 날씨에도 밤 촬영으로 이어진 〈구미호 가족〉의 첫날 현장도 무리 없이 진행되었다. 생일인데도 미역국도 못 먹고 이곳저곳 기웃거린 셈이다. 촬영이 끝나기 전 현장을 나와서는 바로 집으로 가지 않고, 동생 보경과 함께 〈사생결단〉제작 보고회 현장에서 우연히 마주친 영화계 지인들과 삼청동에 모여 간단히 맥주를 마시며 이런저런 얘기를 나누다 늦은 밤에 집으로 돌아왔다. 내일이면 이제 엄마도 집으로 돌아오니 다시 엄마와의 일상이 시작될 것이라고 생각했다.

그날 밤, 십수 년 만에 엄마가 꿈에 나타났다. 아주 비현실적인 장면이었다. 푸른색이 돌 만큼 낯빛이 안 좋은 엄마가 거의 기다시피 하면서 내게 손짓을 했다.

"재명아, 엄마 이제 괜찮아."

현실과 달리 꿈에서는 입을 열어 온전하게 이야기했다. 그런데 엄마의 표정은 반쯤 간절하고 반쯤 섬뜩했다. 꿈에서 깨어, 오늘 집으로 오시는 날이니 그러려니 했다. 평소보다 늦게 일어나 출근 준비를 하고 회사에 나갔다. 새언니와 아버지가 어머니를 모시고 오기로 했다. 낮 열두 시쯤 퇴원 수속을 마치고 간병인 아주머니까지 넷이서 집으로 온다고 이미 전해 들은 뒤였다.

햇빛이 눈부시게 맑고 하늘이 푸르고 봄바람이 많이 부는 초봄. 늦은 점심으로 회사 앞 식당에서 혼자 베트남 쌀국수를 먹고, 새언니로부터 집에 별일 없이 도착했다는 연락을 받았다. 잠시 들러 엄마를 볼까 하다가 몇 시간 뒤면 만날 텐데 하면서 이내 사무실로 들어갔다. 진행하던 영화의 감독과 시나리오 회의를 하고, 여수에서 크랭크인한 영화의 촬영본을 남편과 보았다. 그리고 오후 세 시가 좀 넘어, 아버지에게서 전화가 걸려왔다.

"니, 엄마가 죽었다."

소름 끼치는 소리였다. 컴컴한 동굴 저편에서 들리는 듯한. 1.5킬로미터 떨어진 집으로 차를 몰아 헐레벌떡 현관문을 열었다. 불과 두 시간 전에 할머니의 퇴원 기념으로, 직접 짠 인디언 핑크 빛의 목도리를 목에 둘러드렸던 승채는 겁에 질린 얼굴이었다. 간병인 아주머니와 아버지의 황망한 표정, 정오쯤 엄마를 모셔다 드리고 자신들 집으로 돌아갔던 새언니도 오빠와 돌아오고, 모든 식구들이 다시 모였다. 누구는 땅바닥에 엎드려 목 놓아, 누구는 창밖을 바라보며 꾹꾹 소리를 참으며, 누구는 화장실에서 소리 내 울었다. 그렇게 시간이 지났다. 사십 대 중반이 다 되어 처음 '죽은 얼굴'을 만났으니, 가난해서 힘들게 살았다고 엄살을 떨었지만 사실 안온한 삶이었는지도 몰랐다.

엄마의 눈감은 얼굴은 적막한 무표정이었다. 손으로 만져보니 아주 차갑게 식었다. 그리고 파리했다. 전날 밤, 꿈속의 엄마 얼굴도 떠올랐다. 어제 만사 제치고 병원에 갈걸……. 오늘 엄마를 모시고 퇴원 수속을 밟을걸……. 사무치는 후회가 가슴을 쳤다. 엄마의 마지막 가는 모습을 지켜보고 인사를 하는 것만큼 중요한 일이 무엇이란 말인가. 영화 일 따위야.

아버지의 말로는 집에 돌아와 아주 평온한 표정이셨단다. 커다란 산소호흡기를 설치하고, 이미 교육받은 간병인 아주머니가 엄마의 목에 꽂힌 튜브를 연결하고, 침상을 정리하고 엄마를 뉘었다고 했다. 오랜만에 보는, 그 끔찍하게 아끼던 손녀가 한 달이 지나 돌아온 할머니를 반기며 뺨에 입을 맞추었다고 한다. 몇 년의 투병 생활 중 가장 고통스러운 순간을 맞이한 엄마는 응급실과 중환자실과 입원실을 거치면서 목에 튜브를 꽂고 산소호흡기에 의지한 채 인공호흡으로 버티며, 그래도 집으로 돌아온 순간이 좋아 따뜻한 눈빛으로 오랜만에 편안한 미소를 지어 보이셨을 것이다. 하지만 안타깝게도, 엄마의 마지막은 아버지와 간병인 아주머니가 목도했다. 그토록 사랑했던 사 남매를 보지 못하고, 작별 인사를 하지 못하고 엄마는 눈을 감으셨다. 내 인생 가장 후회되는 일 중 하나다. 엄마의 마지막을 지키지 못한 것, 엄마와 마지막 인사를 하지 못한 것.

119 구급차가 집 앞에 도착했다. 그러고 보니 이번이 네 번째였다. 천으로 감싸인 채 누워 있는 엄마를 바라보며, 4월 2일 이후로 못 본 엄마와의 날벼락 같은 이별이 낯설고 또 낯설어 다시 눈물이 났다. 어느덧 이른 봄 저녁, 해가 지고 날이 어둑어둑해지는 도심을 구급차가 비상등을 켜고 달렸다.

응급실에 가 엄마의 사망신고서를 작성하고, 그 뒤로는 모든 사람들이 그러하듯 의례적인 장례 절차를 밟았다. 고맙게도 정말 많은 사람들이 문상을 다녀갔다. 발인을 하는 시간, 염을 하는 이의 손놀림이 빠르게 움직이며 엄마에게 수의를 입혔다. 이제 몸무게 30킬로그램, 키 150센티미터의 아주 작아진 엄마가 단정하게 수의를 다 입고 누우셨다. 사람들이 짐승처럼 울부짖는 모습은 텔레비전이나 신문에서나 봐왔다. 우리는 모두 그렇게 울었다. 아이처럼 마르고 작아진 엄마가 차갑게 식은 얼굴을 내놓고 누워 있는 침대로 간신히 걸어가 그 이마에 입을 맞추었다. 눈물이 얼굴에 떨어질까 봐 애써 삼키며. 이제 엄마의 이마는 얼음처럼 차가웠다.

엄마, 안녕. 그곳에서 아프지 말고 편히 쉬세요.

내게로 온 것

　장례를 치르고, 엄마의 시신을 화장하고 남은 뼈들을 모아
다시 한 번 몹시 뜨거운 불로 지져 작고 단단한 구슬처럼 만들
었다. 납골묘 안에서 때로 썩는다는 말에 걱정이 되어 그렇게
했다. 오빠와 막내 동생이 구슬이 된 엄마의 몸을 작은 항아리
에 넣어 오는 사이, 나머지 가족은 공원묘지 앞에 세워진 대형
버스에서 죽음처럼 깊은 잠을 잤다. 진달래와 개나리가 막 피
어나기 시작한 맑은 봄날이었다.

　엄마가 미리 사둔 납골묘에 초록과 연두와 다갈색을 띤 구
슬 한 움큼이 된 엄마의 몸을 모시고 예를 올렸다. 그렇게 하

루의 일정을 마치고 저녁 무렵이 되어 각자의 집으로 돌아갔다. 집으로 돌아오던 그 어떤 날도 그날만큼 마음이 텅 빈 순간이 또 있었을까. 영영 엄마가 없는 집에 돌아오는 아이가 된 듯했다. 쇳덩이를 단 듯 무거운 발을 질질 끌고 피곤에 전 얼굴로 돌아와, 텅 빈 엄마의 방에 들어가 엎드려 목 놓아 울었다. 깊고 검은 우물같이 아득한 심정이었다.

사십구재를 지내고 아버지가 나서서 엄마의 물건을 대부분 정리하셨다. 엄마가 남긴 것은 별게 없었다. 친척들의 연락처를 비롯해 집안 행사나 사 남매의 생년월일과 휴대폰 번호와 주소를 적어놓은 수첩, '생활의 지혜' 따위의 상식이 적힌 신문기사 등을 오려 붙인 메모장, 반지 몇 개와 목걸이들, 아침마다 돋보기안경을 쓰고 읽으셨던 법구경 책, 작은 옷장 하나와 서랍도 다 못 채운 옷가지, 신발 몇 켤레, 도장과 통장이 전부였다. 이 년이 넘는 시간 동안 은행에 갈 수도, 굽 있는 구두를 신고 미용실에 걸어갈 수도, 반지를 낄 수도 없었기에 투병 중 엄마의 물건들은 옷장과 서랍 속에 얌전하게 남아 있을 뿐이었다. 그나마 실내에서 조금 걷거나 움직일 수 있는 시간에 엄마는 자신의 많지 않은 물건들을 버리거나 누구에게 주거나 하면서 간소하게 정리하셨다. '자신만의 것'을 최소한만 간직하신 셈이다.

지금껏 내가 갖고 있는 엄마의 물건은 얼마간의 돈이 들어 있는 통장과 도장, 반지 하나, 그리고 엄마가 평생 썼던 숟가락이다. 그 숟가락은 내가 말을 시작할 때부터 봐온 것으로, 엄마의 작은 입과는 다소 어울리지 않게 커서 언제나 좀 의아했다. 'US'라는 영문이 쓰인 큰 숟가락, 엄마는 어디서 이것을 구했을까. 처녀 시절부터 썼다고 얼핏 들었으니 육십 년쯤 된 것이리라.

내가 가지고 있는 나의 물건들은 도대체 얼마나 될까. 정리 정돈을 제대로 하지 못하는 성격이라 언제나 주변이 너저분한 편이고 그 점을 부끄럽게 생각하며 살고 있다. 사무실 내 방에 치쌓인 책과 서류, 이십여 년 된 명필름의 시간들 중 내가 남겨놓은 흔적과 기록, 좋아해서 사들인 것과 선물 받은 잡다한 모든 것이 여기저기 번다하다. 무슨 일이라도 나면, 내가 여기저기 늘어놓고 흘려놓고 남긴 것들로 누군가 골머리를 앓을 수도 있겠다는 생각이 들 때면 잠시 아찔해진다. 내가 가진 것의 양과 내용을 줄이기 위해 점점 더 노력해야 한다는 생각은 언제나 머릿속에서만 맴돌 뿐이다. 그래도, '엄마의 숟가락'만큼은 평생 간직할 생각이다. 엄마에게서 내게로 온 오래된 물건.

칠 년이 지나

엄마가 가신 지 칠 년이 지났다. 4월 5일이 기일이라 엄마 제사는 4일 밤에 지낸다. 4일은 내 생일이기도 해서, 온 가족이 모여 제사를 지낸 다음, 동생이 준비한 케이크에 촛불을 켜고 생일 축하 노래를 부르는 좀 묘한 풍경이 펼쳐진다. 엄마 덕분에 칠 년 내내 온 가족의 축하를 받는다고 나는 생각한다. 제사상을 치우고, 다 같이 모여 앉아 올케언니가 끓인 기막히게 맛있는 뭇국과 산적과 동그랑땡과 나물 무침을 먹고, 다시 그 상 위에 케이크 등을 차려놓고 축하 노래를 부르는 날이 그러니까 칠 년 동안 이어진 것이다.

상주인 오빠가 이번 제사에는 형식적인 축문 대신 엄마에게 보내는 편지글을 읽었다. 엄마의 안부를 묻고 식구들의 안녕을 전하던 다정한 목소리는 끝내 떨렸다. 칠 년이 지났는데도 오십 대 중반 장년 아들의 목을 메이게 하는 엄마.

유쾌한 성정과 유머 감각과는 거리가 먼 나는 이 칠 년간의 제삿날과 생일의 순간을 맞을 때면 유독 마음이 가라앉는다. 친구들이나 지인들과 떠들썩한 생일 파티를 여는 대신, 식구들끼리 눈을 맞추며 엄마를 기억하고 덤으로 내 생일도 챙기는 이날이 속 깊은 친구의 눈빛처럼 고요하게 느껴진다. 수십 년간 끓여준 미역국 대신, 기일과 생일이 만나는 순간에 차분하게 자신을 돌아보기를 선물로 주시려고 굳이 그날 돌아가셨다는 생각은 지나친 과장일까?

못다 한 엄마 이야기

홍청. 엄마의 하나뿐인 동생. 1943년생. 인하대학교 공과대학 토목 공학과를 졸업하고 평생 교직에 몸담으셨다. 정년퇴직 후 봉사활동과 취미생활을 하며 공릉동에서 아내와 큰아들과 살고 계신다.

외삼촌과 엄마 어렸을 때 이야기 좀 해주세요.

우리 가족이 양평 창대리 살았는데 거기에는 중학교가 없었어. 그 래서 중학교에 가려고 누나 혼자 서울 통인동에 살았지. 외할아버지 의 지인이 그곳에 사셔서 네 엄마를 부탁하고 맡기셨어.

아, 왜 몰랐을까요? 엄마가 열네 살 때 통인동 산 적이 있다는 사실을 오 십 년 만에 알았네요. 지금 제가 살고 있는 곳이 통인동 바로 옆 누하동이 니, 그것 참…….

외할아버지는 본인의 남동생 교육을 책임지고 맡으셨는데 결국 남동생, 그러니까 누나의 작은아버지 교육 때문에 중학교 다니던 누나가 학교를 그만두어야 하는 형편이 되었어. 그러니까 누나가 희생을 한 셈이지. 보수적이고 완강한 증조할머니도 '계집애가 무슨 공부냐'라며 반대를 하신 것도 한몫했고. 참 가부장적인 집안 분위기였지.

엄마가 삼촌과 단둘이 살면서 삼촌 뒷바라지를 하셨다고 했죠?

6.25전쟁이 나고 양평 사람들이 인민군에게 쫓기고 여럿 죽었을 때 다행히 외할아버지는 살아남으셔서 양평군청에서 일하시게 되었어. 나는 창대리초등학교를 졸업하고 창대리중학교에 입학했다가 서울로 와 2학년 때 청량중학교로 전학했지. 외할아버지가 누나와 내가 서울에서 생활할 수 있게 전농동에 집을 마련해주셨어. 그때 나는 열다섯, 누나는 스물다섯 살이었네.

그때 엄마 얘기 좀 해주세요.

누나는 살림을 도맡아 하면서 밥하고 빨래하고 청소하고 내 도시락 싸주고……. 학교 끝나고 집에 올 때면 언제나 동네 입구에서 날 마중

나왔지. 열 살이나 차이가 나니까 오히려 엄마 같은 누나였다고 할까. 누나는 언제나 뜨개질을 해서 내 장갑, 스웨터, 심지어 바지까지 떠줬는데 반에서 그런 걸 입은 사람은 나밖에 없어서 친구들이 부러워했어. 그리고 기억나는 건 수를 자주 놓는 누나 모습이야. 십자수 같은 거 말야. 예전에는 벽에 못을 박고 옷을 걸어놓은 위로 먼지 들어가지 말라고 큰 보를 만들어 덮었는데, 그 보에 들어가는 그런 수를 참 잘 놓았지. 지금 생각해도 누나는 언제나 내게 마냥 좋은 사람이었어. 나애심의 〈나 하나의 사랑〉을 자주 불렀던 게 생각나네.

그 시절치고는 엄마가 시집을 꽤 늦게 가신 거죠?

스물여섯에 결혼했으니까 그런 셈이지. 내가 중학교 3학년 때였는데 외할아버지 지인 중에 네 아버지 당숙이 계셔서 그분이 다리를 놓아 중매를 서게 됐어. 상견례 이후 바로 시댁이 있는 안성으로 가 결혼식을 올렸지. 그러고는 나랑 살던 전농동 집에서 신혼 생활을 시작했어. 방이 세 개 있고 대지 오십 평쯤 되는 집이었는데 함석집이어서 여름에는 무척 더웠어. 그 집에서 네 오빠도 낳고, 너도 태어나고.

엄마가 어린 시절 눈이 다치는 큰 사고를 당하셨죠?

창대리에서 누나가 초등학교 다니던 시절, 사촌이 자치기 놀이 하는 걸 옆에서 구경하다가 그게 잘못 날아와 그만 누나 한쪽 눈에 박혔어. 큰 사고였지. 시골이라 응급처치할 병원이 없었고 다음 날에야 서울의 공안과였나? 거기 가서 치료받고 수술을 받았지. 그 후 수술도 여러 번 했는데. 결국 한쪽 눈 시력도 잃고, 눈동자 색도 좀 흐려지고. 평생 엄마 가슴에 못이 박히는 사고였어.

저도 엄마가 평생 색이 좀 들어간 안경을 맞춰 끼고 다니셨던 기억이 나요. 얼마 전에 처음 제게 들려주신 그 군인 이야기 좀 해주세요.

내가 중학교 때였지. 위문편지를 보냈는데 그걸 받은 군인이랑 계속 편지를 주고받다 휴가 나왔을 때 처음 봤지. 그 형이랑 친해진 뒤로는 휴가 때마다 우리 집에 놀러 왔어. 그림도 잘 그리고 잘생겼고(웃음) 내게 참 잘해줬고, 집에 와서는 누나가 차려준 밥도 매번 넙죽넙죽 받아먹었지. 그 형이 누나를 좋아했어. 나를 본다는 핑계로 집에 매번 찾아와서 결국 누나 얼굴을 보고 간 거지. 두 사람이 잘돼도 좋았을 텐데 연분이 아니었나 봐. 키는 네 아버지보단 작았어.(웃음)

엄마한테 그런 낭만적인 사연이 있었는지 몰랐네요. 그 군인 아저씨랑 결혼하셨으면 저는 이 세상에 없겠네요.(웃음)

하하, 그렇겠지.

외삼촌에게 누나는 어떤 사람이었나요?

하나뿐이 없는 내 누님, 귀한 사람! 집에서 하도 외아들인 나를 귀하게 여기니 누나도 나를 엄마마냥 챙겨주고 지켜줄 수밖에 없었어. 외할머니가 누나를 낳으시고, 그 밑으로 세 명을 낳자마자 연달아 잃고 나서 나를 얻게 됐는데 게다가 아들이어서 얼마나 난리가 났는지…… 십 년 만에 귀한 아들을 본 셈이니. 그래서 누나도 날 엄마의 심정처럼 아껴준 것 같아. 초등학교 4학년 때였나, 구구단을 못 외워서 학교에 늦게까지 남아 그걸 외우고 있는데 걱정이 된 누나가 학교 교실까지 찾아왔어. 당시 총각이었던 담임선생에게 수줍게 인사하고 나를 데려가면서 "왜 그걸 못 외우냐"라며 야단을 쳤던 기억이 나네. 아주 어렸을 땐 매일 누나 등에 업혀 다녔는데…… 외할아버지의 극성에 나는 친구들과 강가로 멱 감으러 가지도 못했어. 그랬다가는 누나에게까지 외할아버지의 불호령이 떨어졌다니까. 귀하게 얻은 아들어찌 잘못될까 봐. 참. 그래서 나는 아직도 수영을 못해, 하하.

또 다른 이야기도 좀 해주세요.

누나의 결혼 생활은 너도 아는 것처럼 참 고단했어. 매형의 사업이 잘 안 될 때면 친정집에 찾아와 돈을 빌려가곤 했잖아. 나도 결혼하고 처자식이 생기니까 나중엔 있어도 안 빌려줬지. 지금 생각해보면 끝까지 누나를 위하지 못한 게 참 미안해. 누나가 결혼하고 십 년이 넘어 중랑교에 처음 집을 지어 이사했을 땐 나도 얼마나 기뻤는지 몰라. 도배도 내가 가서 함께 했는걸. 그 집도 일 년도 안 돼 넘어가서 또 오랫동안 셋방살이를 했지만……

엄마가 루게릭병으로 힘들게 투병하시다 돌아가셔서 삼촌도 마음고생 많이 하셨죠?

왜 우리 누나가 그런 불치병에 걸려 돌아갔는지 지금도 너무 속상하고 원망스러워. 외할머니, 외할아버지한테도 참 귀한 외동딸이었는데 말야. 누나 돌아가시고 거실에 걸린 우리 가족 사진을 보고 마음속으로 많이 대화했어. '누나, 내가 미안하다'고……

엄마 돌아가시고 외할머니도 많이 힘들어하셨죠?

그럼, 거의 매일 밤 누나 사진 꺼내놓고 우셨어. 누나가 4월에 가시고 외할머니가 그해 8월에 돌아가셨으니, 결국 누나의 죽음이 외할머니를 많이 힘들게 한 것 같아. 외할머니는 아흔여섯에 돌아가셨으니 천수를 누리셨다고 해야 할 만큼 오래 사셨지만 '딸을 먼저 보낸 것'을 정말 마음 아파하셨어.

요즘 삼촌 건강은 어떠세요?

등하고 허리 아픈 건 많이 좋아졌어. 함께 병원 다니느라 네 외숙모가 고생했지.

마지막으로 해주실 말씀은요?

지금도 나는 매일 어머니도 그립고, 누나도 보고 싶어. 이제 혼자 남아 외롭지. 누나는 참 고단한 인생을 살다 가신 것 같아. 하지만 전심전력을 다해서 너희 사 남매를 키워낸 누나가 참 존경스러워. 그 덕에 너희가 지금 큰 어려움 없이 각자 성실하게 하루하루를 살아가고 있는 것 같아. 그게 엄마의 힘이라고 생각해.

짧은 인터뷰(?)를 마치고 외삼촌 댁을 나오는 길. 언제나처럼 외숙모와 외삼촌은 김장 김치에, 새로 담근 깍두기, 멸치 볶음 등을 바리바리 싸주셨다. 언제나처럼 내 차가 멀리 사라질 때까지 들어가지 않고 지켜봐주셨다. 언제나 온화한 미소에 상냥한 말투의, 이제 엄마와 피를 나눈 이 세상 남은 유일한 분. 외삼촌 건강하게 오래오래 사세요. 자주 찾아뵐게요. 사랑합니다.

사소한 용기

엄마에게
바치는 영화

코르셋

내가 남편과 여동생과 함께 영화사 명필름을 차리고 첫 번째 영화를 준비하던 1995년, 준비하던 이야기가 제작 경험 부족에서 오는 좌충우돌과 어설픔으로 결국 시나리오로 완성되지 못했다. 함께했던 작가와도 아쉽게 헤어졌다. 나와 동생은 영화 마케팅으로 나름의 경력과 경험을 쌓았고 남편 역시 독립 영화 진영에서 주목할 만한 성과를 냈지만 상업 영화 제작은 막상 처음이었으니 그 시행착오는 당연한지도 몰랐다.

그때 마침, 1995년 대종상 영화제에서 신설한 '신인 각본상'

에 당선된 〈코르셋〉이라는 작품을 접하고 남편이 먼저 창립작으로 영화화하자고 제안했다. 채 완성되지 못한 '어느 어리버리한 미시 맘의 좌충우돌 분투기'와 〈코르셋〉의 '뚱뚱한 한 여자의 일과 사랑 이야기'가 어찌 보면 '루저'인 어느 여자의 이야기로 우리가 하고자 하는 바와 맥이 닿지 않느냐는 것이었다. 작가를 만나보니 여대를 나온 미혼 여성이었다. 시나리오 작업은 처음이라 했고, 진보적이고 진취적인 사고의 씩씩한 사람이었다. 우리는 신인 작가와 신인 제작자로 만나 신인 감독 정병각과 합세해 시나리오를 고치고 투자자를 만나고 제작·연출 팀을 꾸리고 스태프를 모았다. 종로구 운니동의 오피스텔에 영화사를 차린 우리는 그곳에서 주인공 오디션을 치르고, 당시 중앙대학교 연극영화과 4학년인 이혜은을 뽑았다. 똘망똘망한 눈빛에 깜찍한 외모, 작은 키의 그가 우리에게 큰 힘이 되겠다는 생각을 했다. 시나리오의 모습보다는 체중이 훨씬 모자라, 그는 주인공 역에 캐스팅되자마자 죽기 살기로 체중을 늘리고 작품을 준비했다. 이전 영화사에서 기획실장으로 있을 때 알게 된 인연으로 당시 스타였던 배우 이경영을 설득해 횟집 남자

역으로, 〈장군의 아들〉에 이어 〈돈을 갖고 튀어라〉에 출연한 배우 김승우를 주인공이 짝사랑하는 상대 남자 역으로 캐스팅해 제작에 돌입했다.

언제나 '처음'이라는 의미에는 서투름, 어색함, 부끄러움이 따라붙는다고 나는 지레 생각한다. 처음의 패기가 아름답다고 여기지 않고 서투르다고 생각하는 것은 순전히 나의 자격지심이리라. 〈코르셋〉 역시, 명필름의 첫 번째 영화로서 우리의 부족한 제작 경험 때문에 아쉬움이 더 진하게 남는 작품이다. 그때 만난 이혜은을 비롯한 모든 배우, 정병각 감독을 비롯한 모든 스태프 들에게 제작 초짜로서 여러 가지가 미안하다. 유연하게 모범을 보이며 제작 전반을 이끌었어야 하는데 경험이 부족해 매끄럽지 못한 부분도 많았다. 첫 영화가 실패할지 모른다는 두려움에 강박적으로 매달린 자세는 함께하는 사람들을 더러 피곤하게 했을 것이다.

지금과 달리 서울에서 고작 한두 군데, 전국에서 열 군데도 안 되는 상영관에서 개봉하고 성공하면 길게는 서너 달에서 반년까지 장기 상영을 하던 때였다. 〈코르셋〉은 1996년 6월, 종로 3가에 있는 피카디리 극장에서 개봉했다. 워낙 극성을 떤 마케팅 덕분에 개봉 첫날인 토요일 아침, 극장 앞 광장이 꽤 북적였다. 지금처럼 수백 개의 상영관에서 와이드 릴리스 방식으로 개봉하고, 인지도와 선호도 조사를 통해 이미 몇 주 전부터 흥행 예측 및 배급 규모가 정해지고, 사전 예매 등으로 진작부터 그 영화의 성공 여부가 가늠되는 지금과는 달리, 개봉 첫날 극장 앞에 가서 눈으로 확인해야만 그 영화의 흥행 여부를 알 수 있는 '장님 코끼리 만지기'식의 시절이었다. 그러니 개봉 첫날 제작자는 방망이 치는 가슴을 안고 떨리는 마음으로 극장 앞에 가기 마련이다. 나는 그때 임신 이 개월의 몸으로 하루 종일 피카디리 극장 앞에서 관객 수를 확인하고, 반응을 살피고, 첫 영화 개봉을 축하해주러 온 지인들을 챙기고, 광장에서 펼쳐지는 이벤트를 챙기며 분주하게 오갔다.

오후 세 시쯤, 광장 저 구석 쪽에 낯익은 엄마의 모습이 보였다. 얼마 전 사드린 흰 바탕에 파란 격자무늬 투피스를 깔끔하게 차려입고 양산을 한 손에 들고. 첫 영화의 개봉일에 부모님을 모실 만큼 마음의 여유가 미처 없던 딸 앞에, 엄마가 못내 궁금한 마음으로 평촌에서 지하철을 타고 오신 것이다. 엄마는 내게 미리 전화해 어디서 만나자고 하거나 어디로 온다고도 하지 않고 조심스레 슬쩍 나타나 극장 앞을 살피고 딸과 사위가 만든 첫 영화의 간판을 올려다보고 계셨다.

"엄마, 언제 오셨어요? 미리 얘기하지, 점심이라도 같이할걸."

"아이고, 바빠서 정신없을 텐데 뭘. 괜찮아. 궁금해서 나와 봤어. 나 신경 쓰지 마라."

엄마를 파라솔 그늘 밑으로 모시고 함께 시원한 음료를 마셨다. 며칠 전부터 나를 따라다니며 케이블 방송 프로그램을 만들던 프로듀서가 엄마를 발견하고 인터뷰를 청했다. 당황하고 쑥스러운 표정을 지어 보이던 엄마에게 그가 물었다.

"어머님이 보시기에 따님은 어떤 사람인가요?"

엄마는 대뜸 이렇게 말하셨다.

"아주 독한 년이에요."

열심히 자기 일을 하는 딸이라는 뜻이라고 부연 설명하긴 했어도, 엄마의 생애 첫, 짧은 인터뷰를 바라보는 딸로서 참 쑥스러웠다. 그날 영화배우로 데뷔한 주인공 이혜은의 부모님도 기쁘고 상기된 얼굴로 극장 앞에 오신 일이 기억난다. 각자의 첫 주연, 첫 제작, 첫 연출, 첫…… 을 축하하는 자리는 피를 나눈 가족이 누구보다 뜨겁게 응원하고 기뻐하는 것이리라. 엄마는 내가 이 일 저 일 신경 쓰느라 돌아다닐 때 어느새 슬쩍 사라지셨다. 딸의 인사도 받지 않고, 또 그 인사의 시간도 폐라고 생각한 듯이.

접속

두 번째 영화 〈접속〉을 만들 때는 또 다른 어려움과 시행착오를 겪었으나 마음의 여유는 좀 더 생겼다. 영화가 개봉되고 나서 상상 이상으로 성공해 무척 당황했다. 엄마와 아버지는 누구보다 그 흥행 성공을 기뻐하셨다. 상영하고 한 달이 지난 어느 날, 비 내리는 평일 오후에 함께 영화를 보러 오셨다. 이번에는 미리 전화를 주셨다. 찰랑이고 반짝이는 젊은 머리들 사이로 어느덧 나이 든 부모님의 회색 머리 뒷모습을 극장 뒤편에서 바라보았다. 두 분은 PC통신으로 채팅하고 만나는 젊은 남녀의 이야기를 다 이해하기에는 난감했다는 표정으로 극장

문을 나와, 기다리던 나를 맞았다.

"두 사람 다 연기를 참 잘하더라."

"평일 낮인데도 이렇게 사람들이 많으냐."

엄마와 아버지가 함께 영화를 보고 돌아가시는 모습이 정말 오랜만에 평화롭게 느껴졌다.

우리 생애 최고의 순간

아테네 올림픽 결승전에서 잊을 수 없는 명승부를 펼친 여자 핸드볼 선수들의 이야기를 영화로 만들고 싶다는 마음을 먹게 된 것은 어쩌면 엄마 때문이다. 2004년 8월, 이미 엄마가 루게 릭병을 앓기 시작한 지 일 년 반이 훌쩍 넘었을 때였다. 엄마의 부지런한 손과 발은 힘을 잃고, 마비되고, 눈에 띄게 가늘어져 있었다. 집 안에서 화장실과 거실과 방을 오갈 때도 휠체어를 타고 움직여야 했다. 나는 허물어지는 엄마의 몸을 일기 쓰듯 매일 바라보아야 했다.

영화 〈그때 그 사람들〉의 촬영이 막 시작되기 전 스태프와 배우 들이 팀워크를 다지기 위해 워크숍을 떠났다. 모두 모여 함께 저녁 식사를 하던 식당에서 텔레비전으로 중계되는 아테네 올림픽 여자 핸드볼 결승전을 보았다. 전반전, 후반전, 연장전, 또 연장전, 마침내 승부 던지기까지 무려 127분이라는 시간 동안 쫓고 쫓기며 투혼을 발휘하던 우리나라와 덴마크 선수들의 모습이 실로 장관이었다. 결국 승부 던지기에서 져 강호 덴마크 선수들에게 분패하고 이내 울음을 터뜨렸지만, 월계관을 머리에 쓰고 시상대에 오를 때에는 모두들 환히 웃고 있었다. 눈부시게 예뻤다. 최선을 다하고 끝내 결과를 뜨겁게 받아들이며 가슴을 펴고 자부하던 그들. 마음속 밑바닥부터 찌르르 울릴 만큼 감동이 밀려왔다.

다음 날 아침, 회사에 출근하자마자 컴퓨터를 켜고 인터넷으로 전날의 명승부에 대한 기사를 검색하며 사진들을 찾아보았다. 육체와 육체를 맹렬하게 부딪치며 지독하게 안간힘을 쓰는 모습, 탄탄한 허벅지와 근육, 공을 꽉 그러쥔 야무진 손, 땀에 젖은 머리를 질끈 묶은 머리 끈, 상대에게 공을 뺏기지 않기 위해 좀 더 높이 점프하려고 애쓰며 일그러진 표정, 반짝이는 눈빛과 꼭 다문 입술, 때로는 포효하는 얼굴, 그 하나하나가 내

호흡을 빠르게 흥분시키고 마침내 뜨거운 눈물을 흘리게 했다. 나는 누가 볼세라 사무실 내 방문을 꼭 닫아야 했다. 그리고 그토록 최선을 다하는 투혼의 이유가 궁금해졌다. 그들의 이야기를 영화로 만들고 싶다는 생각이 이내 간절해졌다.

그리고 사 년여가 흐른 뒤 그 이야기는 임순례 감독의 〈우리 생애 최고의 순간〉이라는 영화로 완성되어 2008년 1월에 관객과 만났다. 한국 영화에서는 처음으로 여자 핸드볼 선수들의 이야기를 만드는 것이어서 많은 준비와 고생이 뒤따랐다. 그리스 아테네 견학과 촬영 타진, 외국 선수들 섭외, 핸드볼 훈련 등등, 이 영화로 처음 만나는 세계가 우리를 기다렸다. 감독을 비롯해 정말 많은 사람들이 오랫동안 각자의 위치에서 노력했다. 석 달 동안 핸드볼 기술을 익히고 몸무게를 늘리고 근육을 만들어야 했던 여배우들의 고생은 특히나 더했다. 한 편의 영화는 어느 제작자의, 어느 감독의, 어느 배우의 것이기도 하지만 함께 만든 수십 명, 수백 명의 것이기도 하다는 사실을 이 영화를 통해 더 절실히 느낄 수 있었다.

시나리오 작업부터 영화 완성까지 사 년이 넘는 시간이 걸렸다. 시작할 때에는 엄마가 살아 계셨으나 개봉할 때에는 저세상 사람이 되셨다. 영화가 다 끝나고 엔딩 타이틀이 올라갈 때 대부분 마지막 순서로 '제작자와 감독은 다음 분들에게 감사드린다'라는 자막이 뜬다. 영화를 위해 도움을 준 관계자나 지인, 가족의 이름을 올리기 마련인데, 나는 그곳에 가나다 순서에 맞춰 '고 홍기열 님'이라고 올렸다. 영화가 시작하기 전에, 또는 끝나고 '이 영화를 ○○○에게 바칩니다'라고 새긴 것도 간혹 볼 수 있다. 나는 영화 제작자이지만, 영화는 함께한 많은 사람들의 것이기에 누구 한 사람이 한 영화를 한 사람에게 온전히 바칠 수는 없다고 생각한다. 하여튼 감사하다는 자막 밑에 수십여 명의 이름 사이 나의 엄마 이름도 함께 올라가 있다.

승채의 운동회 날 비좁은 자리에 비스듬히 앉아 있던, 명필름이 제작한 첫 영화의 간판이 걸린 극장 앞 광장에서 저 구석에 슬쩍 서 계셨던 엄마의 그 모습처럼, 엄마는 〈우리 생애 최고의 순간〉의 맨 끝자리 한구석에 이름을 올리셨다. 물론 나는, 내 마음속에서는 이 영화를 엄마에게 바쳤다.

마당을 나온 암탉

〈안녕 형아〉〈아이스케키〉같이 어린아이가 주인공인 가족 영화를 만들어왔던 터라, 그야말로 가족 영화의 본령인 애니메이션에도 욕심이 생겼다. 강제규필름과 명필름이 합쳐서 만든 MK픽처스 시절에 이런저런 애니메이션 영화의 소재를 찾고 매체에 대한 공부를 하던 중 같이 일하던 이하나 프로듀서가 『마당을 나온 암탉』이라는 동화책을 소개했다. 아이 때문에 유아용 동화책을 더러 읽은 편이었지만 이 책은 처음이었다.

2005년 초봄, 일요일 오후 식탁에 앉아 책을 읽다가 눈물이 뚝뚝 흘렀다. 스스로 이름을 짓고 양계장을 뛰쳐나와 자신의 삶을 만들어간 암탉, 잎싹. 질서와 규칙에 고개를 갸웃거리고 '서로를 이해하는 것이 사랑'임을 안 현명한 암탉이자 자신의 소망을 이루기 위해 거칠고 추운 세상을 두려워하지 않는 이 멋진 존재가 주는 울림이 대단했다. 당장 영화화를 결심했다. 이미 원작자로부터 허락을 얻어 영화화를 준비하던 오돌또기의 오성윤 감독을 만나 함께 만들기로 약속하고 사계절 출판사와 영화화 관련 계약을 마친 게 2005년 5월이다. 개봉이

2011년 7월이었으니 무려 육 년 전이었다.

훌륭한 원작이 있음에도, 재능 있는 시나리오 작가들이 각본 작업에 참여했음에도 시나리오를 완성하기까지 시간이 무려 삼 년여가 걸렸다. 게임이든, 드라마든, 소설이든 원작을 영화화하겠다고 마음먹어도 시나리오 작업을 통한 재창조의 노력과 물리적 시간은 엄연히 필요하다. 주인공의 생각과 고민을 말하는 데 할애된 원작의 많은 분량을 다시 행동과 대사로 만들고 사건화하는 작업은 어찌 보면 오리지널 시나리오 작업보다 더 많은 시간을 필요로 하기도 한다. 시나리오 외에도 캐릭터 작업과 원화, 동화 작업 등의 프로덕션 기간이 이 년, 음악과 사운드 작업, 편집 등 후반 작업에도 일 년이 걸렸다. 투자받기도 어려웠고, 배급사를 잡는 일도 마찬가지였다.

오돌또기도 장편 애니메이션은 처음이었고 명필름 역시 마찬가지여서 시행착오와 좌충우돌의 연속이었다. 한국 애니메이션에 대한 업계의 회의적인 시선을 극복해내는 일도 매우 힘들었다. 영화 한 편의 출발부터 완성까지가 육 년이라니……. 오성윤 감독은 사십 대의 대부분을 이 영화를 만들며 보낸 셈이다. 나의 딸아이는 그사이 키가 20센티미터 넘게 자랐다.

이 영화를 들고 여러 국내 투자사와 배급사를 만나고, 정부의 제도적 지원을 받으려고 문을 두드렸다. 중국 시장을 타진하고, 칸 국제영화제에서 외국 바이어들을 상대로 시사회를 열면서 광고전을 펼쳤다. 그동안 명필름이 서른 편이 넘는 영화를 만들어 시장에 내놓고 관객을 만나온 것과는 또 다른 감흥을 주었다. 새로운 도전이었기 때문일 것이다.

육 년이라는 긴 시간 동안 좌절하거나 힘든 상황을 만날 때면 언제나 암탉 잎싹의 사려 깊은 눈빛과 단단한 마음을 떠올렸다. 사랑으로 가득했던 엄마이자, 삶을 향한 흉내 낼 수 없을 만큼 큰 꿈과 용기를. 이 영화 포스터의 헤드 카피는 "한국영화의 아름다운 도전"이었다.

역시 엄마가 한창 투병 중일 때 제작을 결정한 장편 애니메이션 〈마당을 나온 암탉〉은 육 년의 긴 제작 기간을 거쳐 2011년 7월 28일에 개봉되었다. 아이들의 손을 잡고 함께 영화를 보는 젊은 엄마들의 모습을 바라보면서 매번 엄마를 떠올렸다. 살아 계셔서 이 영화를 봤다면 누구보다 좋아하셨을 것 같다.

엄마의 피와 뼈와 살로 내가 어른이 되고, 거기에서 끝나지 않고 엄마의 눈빛과 머리카락과 손가락과 말과 눈물과 웃음과 한숨이, 자기 앞의 생을 살아내는 모든 모습이 내게 영감과 각성을 선물했다고, 나는 이 일을 하면서 수없이 생각한다.

버스 정류장에 선
스토커

스토커 '몰래 접근하다' '미행하다'라는 뜻의 영어 'stalk'에서 유래된 말. 스토커는 본인이 일방적으로 관심 있는 상대를 병적으로 쫓아다니는 사람으로, 그런 행위를 '스토킹'이라 한다.

스토킹의 유형에는 끈질기게 전화를 걸어 구애를 하거나 음란한 말을 하기, 계속적으로 따라다니기, 미행하기, 집 또는 직장 앞에서 기다리고 있기, 추근거리거나 갑자기 달려들어 껴안기, 선물 공세 펴기, 예외적으로 폭행을 하거나 감금을 하는 경우 등이 있다.

(참고 : 『두산백과사전』)

나의 과거는, 그 정도는 심하지 않았지만, 또는 웃자고 과장한다면 '스토커의 삶'이었다. 부모님의 사랑을 듬뿍 받고 자랐건만 나는 누군가를 미치도록 좋아하지 않고는 한 시간도 견딜 수 없는 사람처럼, 계속 사랑하고 사랑하며 살았던 것 같다. 그런데 비극은 그것이 언제나 일방적이었다는 것이다. 쌍방향의 관계였다면 슬프지 않았을 텐데, 언제나 일방적이어서 되돌아보면 그것이 바로 스토커의 삶이 아니었나 하는 생각이다.

38번 진아버스

중학교에 입학했을 때다. 태릉의 숲 우거진 곳에 위치한 여자 중학교에 다니게 된 나는, 누구나 그러하듯이 낯선 환경과 사람들 사이에서 부대끼며 심란하게 새 학기를 맞았다.

어느 날, 한 아이가 내 눈에 쏘옥 들어왔다. 독일에서 초등학생 시절을 보냈다는 그 아이는 큰 키에, 멋진 청으로 된 나팔바지에, 모양도 희한한 손목시계를 차고 있었다. 웬일인지 그 아이는 오자마자 담임 선생님의 이쁨을 받고 임시 반장이 되더니 내내 정식 반장으로 눌러앉았다.

어느 날 하굣길에 스쿨버스 안에서 서로 이야기를 나눈 뒤로 나의 '불같은 사랑'은 시작되었다. 사춘기 즈음이어서 그런지, 조숙한 친구들에게 선망의 감정을 품게 되는 게 대부분이듯 나는 그 아이의 조숙한 말과 행동에 정신을 빼앗겼다. 그 아이 때문에 알게 된 책 『안네의 일기』부터 『좁은 문』이며 『이방인』이며 다소 어려운 소설들을 읽어나가기 시작했고, 점심시간이나 쉬는 시간에 수줍게, 더듬더듬 책에 대한 감상을 이야기하는 즐거움에 빠져들었다. 하이틴 로맨스 책에서 읽은 '원추형 가슴' 어쩌고 하는 단어를 주고받으며 괜히 은밀한 웃음을 나누던 교정에는 눈부신 햇살이 부서지곤 했다. 수업 시간에는 쪽지 편지 보내기에 여념이 없었으며 옆자리 친구에게 양해를 구해가며 나란히 앉아 짝꿍이 되는 기쁨을 누리기도 했다. 나는 마치 동성애를 하듯 그 아이에게 온 마음을 빼앗겼고, 꿈같은 나날은 계속되었다.

그러나 비극은 2학년이 되면서 시작되었다. 미치도록 같은 반이 되기를 기도했으나, 나는 3반, 그 아이는 4반이 되었다. 나는 그 아이에 대해 한결같은 마음이었으나 그 아이는 왠지,

내게 보내는 표정이 어느덧 무심해지기 시작했고 새 친구들을 사귀기 시작했다. 나는 지루한 수업 시간을 핑계로, 바로 옆 반의 소리를 들으려고 귀 기울였고, 옆 반에서 울리는 웃음소리에 그 아이의 목소리가 들리지 않을까 촉각을 곤두세웠다. 이런! 화장실에 가려면 그 아이의 반을 지나가야 해서 수업 시간이 끝날 때마다 일부러 화장실에 갔고, 맨 뒷줄에 앉아 있는 그 아이가 궁금해 뒷문을 흘끔거리느라 내 눈은 사시가 될 판이었다. 다시 친해보자고 할 용기는 나지 않아, 그 주변만 서성이느라 너무 외로웠다.

나의 집은 휘경동이었으니 45번 태릉버스를 타면 되었으나, 그 아이를 볼 양으로 38번 진아버스를 타기 시작했다. 하굣길에는 그 아이의 뒷모습을 바라보며 걸었고, 어쩌다 한발 먼저 버스 정류장에 도착하면 나는 일부러 여러 대의 버스를 보내고, 그 아이가 저만치서 친구들과 몰려올 때면 짐짓 모른 척 외면하고 있다가 그 아이가 타는 버스를 뒤따라 탔다. 그 아이도 자기 주변을 빙빙 도는 나를 눈치챘는지 무심함을 넘어 쌀쌀한 눈길을 보냈고 나는 더욱 의기소침해져서, 그러나 더욱 집착의 병이 깊어져 그 아이에게로 향한 마음을 거두기 힘들었다.

38번 버스를 타고 그 아이의 뒤꽁무니를 좇다가, 또는 만나지 못하면 허탈해하다가, 청량리까지 가서 다시 45번 버스를 타고 집으로 돌아오는 매일이었다. 버스 한 번이면 갈 집을 무거운 책가방을 들고 두 번씩 타는 나의 꼬락서니가 스스로도 처량해서 언제나 인상을 쓰고 다녔던 것 같다.

친구 없이 외로웠던 2학년이 지나가고 3학년이 되어서, 나는 다시 한 번 기회가 오길 기다렸으나 그 아이는 1반, 나는 2반으로 배정이 되었다. 그 아이는 전교 회장이 되었고 여전히 멋졌다. 나는 '사랑싸움'이라고 착각하며 그 아이의 반응 없음을 애써 위로했으나 그 아이는 '너의 슬프고 우울하고 끈끈한 눈길이 싫어' 하는 감정이 분명한 표정으로 나를 피했다. 38번 진아버스를 타고 다니는 나의 행각은 그래도 계속되었다. 예전처럼 쪽지 편지를 써서, 모두 다 하교한 텅 빈 교실에 남아 그 아이의 책상 속에 넣기도 여러 번. 그러나 답장은 오지 않았다. 구체적으로 괴롭히는 짓은 하지 않았으나 거의 미친 여자처럼 그 아이를 꿈꾸었다. 빈 교실에서 그 아이의 책상에 앉아보는 엽

기적인 짓도 했다.

3학년도 끝나갈 즘, 용기를 내어 없는 돈을 털어 '선물의 집'
에서 작은 물건들을 사서 그 아이의 집을 찾아갔다. 다행히(?)
그 아이는 없었고, 그녀의 언니에게 선물을 전해주고 인사를
꾸벅했다. 추운 겨울, 그 집을 돌아 나오면서 가슴이 찢어질 것
같아 뛰듯이 골목을 빠져나왔다. 그 아이가 졸업식 전에 부모
따라 외국으로 갔다는 풍문을 전해 듣고, 쓸쓸하고 쓸쓸한 졸
업식을 마쳤다. 친구 하나 없이 보낸 긴 삼 년이었다.

졸업식을 마치고 엄마, 아빠, 오빠와 학교 앞 중국집에서 자
장면을 먹고 돌아온 날, 나는 이불 속에서 한 시간쯤 엉엉 울
었다. 그 아이에 대한 사랑과 집착의 실체를 나도 몰라 억울했
고, 명랑한 소녀 시절이었어야 했을 삼 년이 내내 어둡기만 했
던 내 처지가 가여웠고, 더불어 이미 살이 찌기 시작한 내 통
통한 몸매와 얼굴이 주는 열등감이 싫었고, 우리 집의 가난과
평범하기 짝이 없는 내 공부 실력이며, 내가 가진 모든 것이 터
무니없이 작아 보여 슬펐다. 무엇보다 미친 듯이 좋아했으나
솔직한, 그리고 요령 있는 고백을 쿨하게 전하지 못하는 나의

우유부단함과 그 마음을 접지 못하고 질기게 가져가던 나의 못난 모습이 싫었다.

고등학생이 되면서 38번 버스를 일부러 타고 다니는 짓은 하지 않았으나, 가련한 스토커의 삶은 계속되었다.

45번 태릉버스

나, 스토커의 새로운 대상이 된 인물은 고등학교 지리 선생이었다. 그에 대한 집착의 행각은 중학교 시절과 비슷해 짧게 쓰기로 한다. 아무도 없는 교무실에 숨어 들어가 교사 주소록을 훔쳐보고는 지리 선생의 주소를 알아내 일부러 그 동네를 배회하거나, 학교와 집이 가까워서 버스를 탈 필요가 없는데도 일부러 그 선생이 타고 다니는 45번 태릉버스를 타고 다시 집으로 돌아오거나 하는 웃지 못할 짓거리를 계속해댔다.

학교 앞 구멍가게에서 3학년 우리 담임과 맥주를 마시던 그 지리 선생과 마주친 적이 있다. 담임에게 인사를 하자 담임이 "너 지금 집에 가냐?" 하고 물었던 것 같은데, 갑자기 지리 선생이 "넌 참 얼굴이 우울해 보인다"라고 말을 건넸다. 그 선생

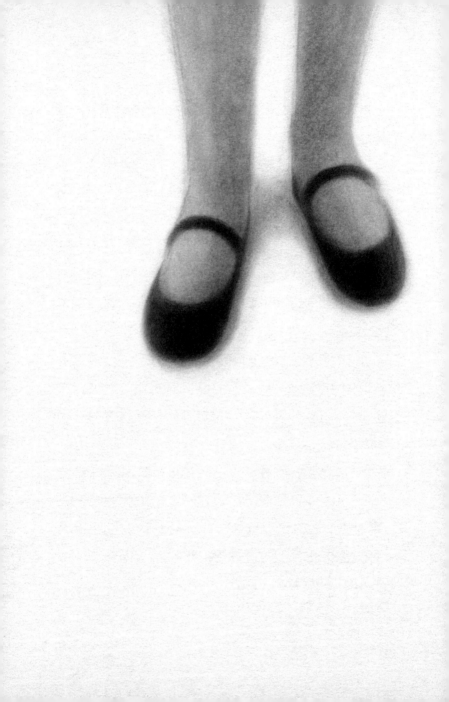

이 교정이나 복도를 지나갈 때면 짓궂은 내 친구가 언제나 "재명아, 재명아"를 외쳤던 것 때문에 날 기억하는지, 그 선생은 느닷없이 그런 말을 내게 했다. 중학교 때처럼, 그렇게 고등학교 삼 년도 난 '우울한 얼굴'로 지냈던 것 같다.

한 번도 지리 선생이 담임을 맡은 반 학생이 되어보지 못하고 삼 년을 보낸 나는, 대학에 입학해서 버스를 타고 집 앞 정류장에 내리다가 막 퇴근하는 그 지리 선생을 보고는 그만 얼굴이 빨개져 도망치는 것으로 삼 년의 추억과, 집착과 이별했다.

710번 정릉버스

쌍방향의 인간관계가 아닌 일방적인 관계는, 그러나 또 계속되었다. 대학 때 그룹 미팅에서 만난 남자에게 시선이 꽂힌 나는 또 비극적 스토커의 행각을 시작했다.

정상적인(?) 인간관계나 데이트에 서투른 나는 서너 번 만나면서 마음에도 없는 소리를 해대기 일쑤였고, 나에게 별 흥미를 못 느끼는 것이 분명해 보이던 그 남자는 어느덧 내게 전화를 하거나 학보를 보내는 일을 그만두었다. 그때부터 시작된 나의 집착은 앞의 두 건과 비슷한 행동으로 반복되었다. 새로운 게 있다면, 그의 집에 수시로 전화를 걸어 그의 가족이나 그가 받으면 그냥 끊는 행동 정도였달까.

　그와 짧은 데이트를 했던 종로 2가의 거리에서 자주 볼 수 있는, 그가 타고 다니던 710번 버스만 보면 가슴이 뛰었다. 심지어는 그곳 아닌 낯선 거리에서도 710번 버스만 보면 얼굴이 붉어졌다. 몇 달이 지나고, 마지막이었나. 내가 용기를 내어 만나자고 했다. 그와 소주를 마시고 커피를 마시고 밤늦은 시각에 명륜동 버스 정류장에 섰다. 이제 그를 좇는 것이 허망한 일임을 느낀 나는, 마음속으로 혼자 그와 작별 인사를 했다.

　"잘 살아라"라고 했던가? 버스를 타려고 먼저 뛰어가는 내 뒤통수를 향해 그가 외쳤던 것 같다. 버스에 탄 나는, 창문 밖에 서 있는 그를 보지 않으려고 일부러 몸을 반대편으로 향한 채 돌아섰다. 그리고 얼마 뒤, 나는 1학년을 마치고 휴학을 했고 1년 뒤 복학했다. 그때쯤이 아마 내 스토커의 삶에 종지부를 찍은 순간이었다.

　이전까지 한 번도 '성숙'하고 '정상적'인 친구 관계나 연인 관계를 경험해보지 못한 나는, 복학을 한 이후로 심심풀이 땅콩이라는 심정으로 이런저런 남자 친구들을 사귀고, 좀 유연한 태도로 여자 친구들을 만났다. 그렇게 해서 나 역시 우울한 얼굴 대신 '무심한' 표정을 지니게 되었고, 그 가련한 '결핍'의 감정을 지워가기 시작했다.

버스 정류장에 다시 선 스토커

2002년, '버스, 정류장'이라는 제목의 시나리오를 보았다. 동생이 읽어보라고, 영화화할 수 있겠느냐고 건네준 것이었다. 집으로 들고 와, 고단한 몸을 씻고 침대에 누이고 엎드리는 순간, 침대 옆에 놓인 시나리오가 눈에 들어왔다. '버스, 정류장'…… 잠시 그 제목을 째려보았다. 그러고 한참 쳐다보았다. 쿨한 감정으로 인생을 사는 인간들은 아마도 아무렇지 않을 그 제목이 나에게는 묘한 울림으로 다가왔다. 얼마나 많이, 나는 떠나는 버스를 바라보거나, 버스를 향해 달려가거나, 누가 볼세라 얼굴을 붉히며 정류장을 서성였던가.

플래시백처럼, 내 과거의 못난 '스토커적 삶'이 떠올랐다 사라졌다. 꼭 그래서는 절대 아니지만, 어쨌든 〈버스, 정류장〉은 영화 제작자라는 내 손에 의해 영화화의 출발선에 서게 되었다.

영화 촬영을 위해 이곳저곳 세워진 버스, 정류장 승강대. 그리고 촬영을 위해 항상 대기 중이던 버스……. 임시 승강대인데 사람들이 진짜 정류장으로 착각하고 버스를 타려고 기다리거나 버스가 멈추는 풍경이 벌어졌다. 나는 수시로 세워지고 다시 이동하는 영화용 '버스'와 '정류장 승강대'를, 분주히 움직이는 스태프들 사이로 바라보았다. 통통한 얼굴에 단발머리를 하고, 무거운 책가방을 든 채 '슬픈' 눈으로 버스를, 사랑하는 친구를, 불투명한 청춘을 기다리던 열다섯 살 소녀가 거기서 있었다. 빨간 바지를 입고 촌스러운 귀고리를 하고 책 몇 권을 가슴에 안은 내 스무 살의 얼굴도 보았다.

안녕! 나는 그들을 향해 슬쩍 미소를 지어 보였다. 외롭고, 외로웠던 그녀들에게…….

사소한 용기

  지금은 많이 나아졌지만, 몇 년 전까지만 해도 같이 일하는 남편은 "재명 씨는 대체로 수세적인 성격인 것 같아"라고 말하곤 했다. 모험심을 불태우며 강단 있게 사안을 밀어붙이거나 앞장서는 스타일이 아니라는 뜻이다. 마음속에서 스멀스멀 소망하는 것이 기어나와 입 밖으로 나오기까지, 그리고 그것이 싹을 틔우고 꽃으로 피어나기까지, 나는 그 시작쯤에서 자주 머뭇거리고 우물쭈물거리는 편에 속한다. 결혼에 대한 환상도 계획도 없이 연애만 하다가 남편이 "결혼 안 할 거면 이제 그만 헤어지자"라고 해서 결혼했고, 영화사를 차리자고 한 것도 남편이 먼저였다. 사실 그렇게, 나 말고 다른 사람이 주도하고 시작한 일들이 더 많다.

그러다 불쑥불쑥 용기를 내는 때가 있다. 영화를 만드는 일은 언제나 많은 용기가 필요하다. 그리고 그만큼 책임감도 갖추어야 한다. 세상 많은 일이 다 그러하겠지만 무에서 유를 만드는 것, 그것이 소재든 주제든, 어떤 한 장면이든 한 줄의 문장이든 한 명의 인물이든, '하나의 무엇'에서 출발한 이야기는 많은 자본과 까다로운 기술과 여러 사람들의 재능이 만나 거대한 유형의 결과, 즉 우리가 말하는 영화로 완성된다.

명필름은 지금까지 서른세 편의 영화를 세상에 내놓았다. 바꿔 말하면 '서른세 번의 용기'라고도 할 수 있을 것이다. 실패로 끝난 만용인 적도 있고 자랑스러운 씩씩함인 적도 있다.

그러고 보니 생각난 내 인생의 사소하고도 우스꽝스러운 용기 몇 가지.

아홉 살 때 면목동에 살았다. 언제나처럼 학교에서 돌아오자마자 빨간 책가방을 건넌방에 던져둔 채, 동네 공터에서 고무줄놀이며 설탕 뽑기에 정신이 빠져 그만 어서 들어오라는 엄마의 성화도 못 들은 체했다. 그날따라 기분이 나쁜 엄마는 공부도 뒷전이고 동생도 챙기지 않는다며 크게 야단을 쳤다. 억울하고 분한 마음에 '당장 엄마 눈에서 사라져주겠다'라고 결심했다. 엄마가 부엌에 들어가 한눈을 판 사이 나는 쏜살같이 마당을 빠져나와 집을 나섰다. 청량리역까지 가서 멀리멀리 기차를 타고 떠나리라, 그래서 엄마 마음을 아프게 하리라, 되뇌며 걸었다. 면목동에서 상봉동을 지나 바람 부는 중랑교를 건널 때에는 추운 날씨에 콧물이 나왔다.

중화동과 휘경동을 지날 때쯤에는 날이 어두워지고 있었다. 이윽고 청량리역에 다 와서야 주머니에 동전 한 푼 없다는 걸 깨달았다. 엄마가 안 보이는 곳으로 사라지겠다는 마음에 사로잡혀 차비 챙길 생각은 깜빡한 것이다. 모르는 사람들에게 손을 벌려 구걸할 용기는 도저히 나지 않았다. 아쉽게도 나는 발걸음을 돌려야 했다. 아홉 살의 발걸음으로 오던 길을 되돌아 걷다 보니 집 앞에 다 왔을 때는 이미 캄캄하게 늦은 밤이 되었다. 엄마한테 혼날 걱정에 가슴이 쿵쾅거렸는데 다행히도 집 안에 아무도 없었다. 온 집안 식구가 나를 찾아 나선 것이다.

한참이 지나 돌아온 엄마는 "조그만 게 도대체 겁도 없어, 겁도 없어" 내내 소리를 지르면서 연탄집게를 들어 나를 때렸다. 그러면서 안도의 한숨도 함께 쉬었을 것이다. 지금 생각해도 그땐 나 참 씩씩했다.

조회 시간에 육성회비를 내지 못한 학생들을 조사하는 담임 선생의 질문에 손을 들어 답하던 시절이었다. 일흔 명에 달하는 그 아이들 앞에서 매번 앞으로 불려 가거나 손을 들어야 하는 처지가 치 떨리게 싫었다. 나는 아침마다 부모님을 졸라야 하고 눈물 바람으로 대문을 나서야 하는 등굣길이 지긋지긋하던 중학생이었다.

어느 날 아침, 문득 꾀를 내어 학교로 가는 버스를 타는 대신 망우리에 사는 친척 집에 찾아갔다. 새벽같이 마루문을 두드리는 여중생 덕에 친척 언니와 형부는 잠옷 바람으로 뛰어나왔다.

"육성회비 좀 꿔주세요. 제가 책임지고 꼭 갚을게요."

친척 언니는 중학생 여자아이가 아침 일찍 불쑥 찾아와 손을 내미니 별 도리 없이 돈을 내줄 수밖에 없었다. 학교로 달려가 그 돈으로 당장 육성회비를 낸 나는 화장실에 가 쾌재를 부르면서도, 한편으로는 허락도 없이 맹랑한 짓을 했다고 엄마한테 혼날 걱정에 마음이 살짝 무거웠다. 그날 밤 엄마는 혀를 차면서 "어디서 그런 당돌한 용기가 생겨난 거니?"라고 물었다.

'글쎄요, 망신을 그만 당하고 싶다는 사춘기 소녀의 절박한 마음 말고 또 뭐가 있겠어요?'

이렇게 답하지는 못했지만 아마 엄마는 이미 알았을 것이다.

대학을 졸업할 즈음 잡지사, 광고 회사, 신문사 등 여기저기 입사 원서를 내며 뛰어다녔다. 하지만 줄줄이 고배를 마셔야 했다. 한 달을 다니다 월급 한 푼 못 받고 뛰쳐나온 코딱지만 한 잡지사(라고 부르기도 민망한)에 이어 그 쉬는 틈을 못 참고 정동의 분식집에서 한 달 동안 아르바이트를 한 다음, 드디어 작은 출판사에 입사하게 되었다. 편집부는 달랑 두 명이었지만 출판사 소유의 작은 사옥도 있는 곳이어서 아침 출근 때마다 내 집인 양 마음이 뿌듯했다. 월급을 아끼려고 도시락을 싸 들고 다니던 때, 점심을 먹고 들여다본 신문의 구인·구직란에서 영화 광고 카피라이터를 뽑는다는 서울극장의 채용 광고를 보았다.

초등학교 시절부터 '주말의 명화' 시간이면 안방으로 달려갔고 대학교 때 내내 프랑스문화원 시네클럽 회원으로 매주 영화를 보러 다니고 영화 잡지 〈스크린〉의 학생 기자로 시사회 등을 쫓아다녔지만 그건 영화 팬 이상도 이하도 아니었다. 대학교에서 영화 동아리에 들어가 구체적으로 영화 만들기를 할 것인가에 대해서도 몇 달 동안 고민만 하던 나였으니. 어렵게 들어간 출판사 근무가 이제 고작 넉 달 남짓인데 전직을 하겠다고 하면 부모님은 뭐라 하실까, 이것저것 고민이 앞섰다.

지금처럼 대기업이 영화 시장 전체를 쥐락펴락하던 때가 아닌 시절, 영화 수입업과 제작업과 극장 운영까지 겸하는, 소위 메이저 회사라 할 수 있는 합동영화사였다. 꿈꾸던 일, 그러나 그 꿈의 절실함이 얼마나 컸는지 나 자신도 잘 몰랐던 그때, 나는 결국 몇 날을 고민하다가 용기를 내어 지원서를 냈고 정말 운 좋게 합격할 수 있었다. 박중훈, 강수연 주연의 흥행작 〈철

수와 미미의 청춘 스케치〉의 헤드 카피를 써보라는 시험과 몇
번의 면접 시험을 거쳤다. 출근 첫날, 종로 3가의 서울극장 문
을 열고 들어가, 주차장 쪽으로 나 있는 영화사 계단을 올라갈
때 순간 뒷머리가 쭈뼛했다. 1987년 8월이었다.

　그날 이후로 내가 이십오 년 동안 같은 일을 하게 될 줄은 미
처 몰랐다. '좋아하는 영화'에 관한 일을 하면서 돈을 벌어 먹
고살 수 있다는 사실에 감사하고 기뻤다고 해야 할 것이다. 누
군가는 세상을 바꾸기 위해, 누군가는 다른 사람들을 위해 용
기를 낸다. 나는, 고작 나를 위해 사소한 용기를 낸 정도다.

일기장을 꺼내어

1979년

1월 24일 맑음

봄 날씨 같다. 얇은 블라우스 사이로 스며드는 가뿐가뿐한 바람이 오후의 조용한 도시를 휘감고 있다. 열한 시엔 〈임국희의 음악살롱〉, 세 시엔 〈세 시의 다이알〉, 네 시엔 〈팝송 다이알〉, 다섯 시엔 〈서유석입니다〉, 이렇게 하루를 보낸다. 〈문학사상〉 중 선우휘의 「서러움」을 읽었는데 왠지 찡한 아픔이 가슴에 와 닿는다.

1월 27일 맑음

누구 말대로 구정 이브, 엄마의 짜증은 가히 히스테리적이라 볼 수 있다. 저러니 살이 안 찌지.

5월 21일 맑음

오늘 서울 날씨는 29도까지 올라갔다.

네 시가 못 되어 학교에서 나왔는데 햇볕이 너무 뜨거웠다.

바람마저 뜨거운 느낌. 학교 교정의 나무들은 푸르게 드리워져 아치를 이루고 학생들의 윗옷이 푸른 잎들과 함께 더욱 새하얘 보인다.

남자 선생님들은 벌써 반팔 와이셔츠를 입고 돌아다닌다. 초여름의 상큼한 냄새가 코를 간질이는데 시계 잃어버린 걱정에 얼굴은 울상이 됐다. 나는 왜 이리 덤벙거리는 재주를 가졌고 우리 엄만 왜 그리 신경질적일까.

모순이다. 잘못된 인연이야.

6월 9일 흐리다 맑음

〈장학퀴즈〉 녹화 방청을 하다.

진희와 본경이는 〈사랑의 스잔나〉를 보러 허리우드 극장으로 갔고 광미는 대광고등학교 축제에 갔다. 나와 미애 둘만 학생들이 쏟아져 내려오는 광화문 거리를 걷자니 부끄러웠다. 우리의 교복은 학생들의 호기심을 불러일으키기에 꼭 맞았고 더구나 우리 둘은 그리 단정한 아이들이 아니었으니……

6월 10일 흐리다 맑음

우리 엄만 대체로 이런 사람이다.

조금만 잘하면 곧 감격하고 따뜻해지고, 조금만 못하면 불같이 신경질적인. 그야말로 가볍고 날카로운 여자.

그러나 정이 많은 여자인 것 같다. 오늘 엄마는, 아침엔 화를 냈다가 오후엔 부드러운 전환을 했다.

6월 15일 맑음

열다섯 대를 맞은 날이었다. 아침 먹고 수학 시험 그리고 다섯 대의 매. 도시락 먹고 독어 시간의 시험. 점심 먹고 영어 시간에 다섯 대의 매. 그리고 담임한테 다섯 대. 그야말로 매로 점철된 하루였다. 우리들의 손이 남아남지 않겠다.

6월 25일 비

비는 계속 내리고 온 세상이 음울하다. 쥐는 예전보다 더 날뛰며 저기압인 나를 더욱더 화나게 한다. 엄마도 지금 상태가 안 좋다.

1982년

1월 9일 맑음

바람이 몹시 분 날. 경찰병원에 가서 외할머니를 뵙고 할머니의 마른 모습에 걱정되는 마음으로 동생과 바람을 맞으며 동국대에 원서를 사러 갔다. 오후엔 친구들과 새로 생긴 삼양다방에 들어가 커피를 마시고 DJ에게 노래를 신청해 들었다. 저녁땐 싸돌아다닌다고 엄마한테 혼났다.

6월 10일 맑음

난 드디어 항상 생각해오던 파마를 했고, 종잡을 수 없는 상태. 이쁜 건지, 망한 건지.

엄마는 못난 얼굴 더 못나게 됐단다.

6월 15일 맑음

카페 가젤에서 여덟 시 반에 나와 명동 거리를 걸어 45번 버스를 타고 집에 오니 밤 열 시가 넘었다. 엄마는 내가 늦게 왔으므로 무척 걱정을 했나 보다. 아무 데나 마구 전화를 하고 걱정을 했단다. 아침의 잔소리를 걱정했나 보다.

6월 29일 흐림

이제 정리했다. 그동안의 집착을 봉투에 넣어버렸다.

8월 7일 맑다가 흐림

하루 종일 잠. 마루와 안방에 등을 새로 달아 엄마가 기분 좋아한다.

8월 21일 그냥 흐림

헨리 폰다 주연의 〈분노의 포도〉 보다. 과장이 없고 잔잔하다. 연기들이 진지했다.

8월 22일 맑음

큰 유리문으로 들어오는 오후의 햇빛에서도 가을이 보인다. 더할 수 없이 익어 달콤한 포도의 맛. 그렇다. 태양이 머리 위에서 자꾸 비

껴가는 계절이 오고 있는 것이다.

10월 12일 안개, 맑음

코리안리그 1차전은 OB베어스가 승리. 뒤늦게 아주 가슴 아픈 장면을 보아야 했다. 라이온스의 이선희 투수가 우는 모습은, '모든 시간을 져버린 듯한' 얼굴이었다.

10월 16일 맑음

엄마랑 오빠 군대 면회를 갔다. 네 시간가량 고속버스를 타고. 온통 가을빛이었다. 바람도 많이 불었다. 군부대를 구경하는 건 처음이다. 오빠도 무척 반가웠다. 많은 얘기를 했고, 아니 들었고, 화천 시내 다방도 들어가봤다.

10월 31일 비

오늘도 그때처럼 비가 내렸다. 아빠 때문에 아침부터 집 전화통이 불이 났고 엄마는 초췌한 모습이었다. 되도록 말없이 일하려고 했고. 엄마에게 연민의 정을 느낀다. 아빠가 나이다울 수 있다면……. 나의 철없음과 비슷한 것 같기도 하다.

11월 20일 흐림, 비(?)

일요일 오전. "눈이 오려나?" 엄마 목소리.

눈이 내렸으면 했는데 비가 내리나 보다. 엄마는 아픈 것 같다.

1983년

12월 22일 흐렸다 갬

오후에 국민은행 가서 학자금 융자신청서 내고 잠시 학교에 들렀다.

엄마, 아빠는 감기 몸살. 날씨가 몹시 춥다.

펄 벅의 『결혼의 생태』 완독. 심리 묘사는 훌륭했으나 교훈적인 내용.

1984년

1월 11일 흐림

미연이 만남. 서대문 태멘극장 가서 〈디어 헌터〉 관람.

좋은 영화였다. 자이앤트 정식 먹으며 어색하게 떠듦.

황량한 느낌의 서대문 거리, 오후에 돌아옴.

2월 1일 맑음

눈 내린 땅에 아침 햇빛.

구정, 간간이 친척들이 찾아왔다. 떡국이 맛있고, 엄마 주름살이 안타깝고, 내일부터 열심히 공부를 하자.

2월 3일

오빠 친구가 다녀가서 심부름을 많이 했다. 다리가 아프다. 엄마는 오늘 십만 원을 잃어버렸다.

2월 10일

과거는 현재의 모습, 현재의 결과는 미래인데, 그렇다면 난 결국 아무것도 못 될 것이다.

2월 22일

복학 신청하러 엄마랑 학교에 갔다. 조교가 가슴 아픈 말을 한다. 다, 내 탓이다. 학과장 도장 받고 교수님께 인사도 못하고 내려왔다. 졸업식이 있어서 마구 붐볐다. 모두들 무슨 생각을 할까.

6월 1일

수업 거부는 끝났다. 국문과는 원상 복귀되었다. 그리고 전 교수는 몸져누웠다. 학기말 시험이 얼마 남지 않았다. 종강이 머지않았다. 등에 와 닿는 햇빛이 뜨겁다. 나무는 여름의 정적으로 기어든다. 나는 새로운 결심을 한다.

7월 20일

오빠가 첫 월급을 타왔다. 가족 내의 등속을 사왔다.

8월 13일

난 결국, 우리 엄마처럼 소극적이고 범주를 벗어나지 못한 女子가 될 것 같기도 하다.

9월 24일

대여 장학금 삼만 이천팔백 원 지불.

11월 23일

보경 시험 終. 나보다 똑똑하니까 잘 풀어나갈 거다.

11월 24일

70년대 한국 영화 〈하얀 손수건〉을 보면서 유치하고 기연으로 풀리는 멜로에 괜히 이상한 기분이 되었다.

12월 4일

시네클럽 가서 프랑소와 트뤼포의 〈부드러운 살결〉 보다.

12월 22일

불란서문화원에서 어제는 장 폴 벨몽도의 〈상속자〉 보고 눈 내리는 오늘은 채플린의 〈가로등〉 보다. 학교 안 구두 고치는 아저씨는 오백 원에 내 빨간 구두를 깔끔하게 고쳐주셨다.

12월 24일

크리스마스이브라고 뭣 좀 만들고, 먹고 치우고.

오빠는 갈비 삼만 원 어치, 골드랩 한 상자, 귤, 빵을 사들고 귀가.

1월 8일

아빠 공장에 불이 났다. 예전처럼 '불행함'을 느끼는 추운 겨울.

1987년

1월 22일

취직, 첫 출근.

8월 22일

서울극장에 출근한 지 이틀 되었다.

1988년

8월 25일

아버지의 태평. 오늘 역시 내 속옷을 빨아놓은 엄마. 오늘 갑자기
디스크 판정을 받으셨다는 외할아버지. 세상을 잊으려고 서극의 〈철

갑무적〉을 본다.

9월 27일

집 이사를 했고, 사무실 이사 준비도 해야 했다. 또다시 눈병이 나고 몸살도 겹쳤다. 그래서, 비감한 명절을 보냈다.

1996년

12월 6일

청룡상 영화제 시상식. 이은 씨와 미숙, 주희가 행사장에 갔다. 〈코르셋〉이 신인 여우상과 각본상을 받았다. 나는 침대에 기대앉아 박수 치며 눈물을 찔끔 뽑았다.

12월 12일

발이 코끼리 발처럼 붓는다. 신발 위로 빵빵한 풍선처럼 부풀어 오른 발등. 내 얼굴은 이제 거의 보름달이다. 점심 식사 후 사무실 소파에 누워 잠을 잤는데 아주 깊은 잠이었다.

"여기가 어디지?"

12월 18일

새벽 여섯 시에 분만대기실행. 오늘 유독 임산부가 많아 분만대기실은 장터를 방불……. 세 시 반쯤 분만실행.

1997년

1월 4일

엄마와 예진이가 왔다가 간 날. 엄마를 보자마자 눈물이 비질비질 나왔다. 아기를 목욕시키면서 덥게 키우는 것에 대해 또 아줌마와 약간의 트러블. 엄마가 중재를 잘 해주셔서 내 소원대로 아기의 겉싸개를 벗길 수 있었다. 엄마가 아줌마에게 아부성 톤으로 내 입장을 얘기하신 것 같다. 아기는 머리에 습진이 심해져도 울지 않는다. 산후우울증인지 거의 신경쇠약증처럼 아기에게 집착하고, 걱정하는 나. 엄마가 와주신 덕분에 기분이 많이 나아졌다.

오늘, 보경이가 육아 책을 사다 줬다. 열심히 읽고 있는 중.

1월 6일

아기는 하루 만에 배꼽이 많이 나아졌다.

목욕 후 겨드랑이와 사타구니 습진에 페나텐 크림을 발라주었다.
엄마가 오셨다. 호박 짜낸 물 두 통과 엄청나게 많은 만두와 떡, 미역
을 가지고.

1월 22일

산후 도우미 아줌마가 가신 날부터 유난히 밤에 안 자는 아기.
어젯밤은 서너 번씩 깨고 보채고 울었음.
엄마는 화요일부터 와서 애써주시고 계심.

1월 24일

드디어 우리 아기의 진짜 이름이 정해졌다. 이승채.

3월 7일

주먹 전부를 집어넣어 쪽쪽 빠는 승채. 이젠 울음도 덜하고 뭔가 열
심히 쳐다보고 웃고 옹알거린다. 흠이라면 너무 늦게 자고 늦게 일어난
다는 것. 집에 있는 체중계로 재보니 아직 6킬로그램이 안 되는 것 같다.

3월 27일

승채 태어난 지 백 일 되는 날. 엄마는 아침 일찍 수수팥떡을 해오셨다. 승채야 백 일 동안 별 탈 없이 커준 것 같아 고맙다. 사랑해.

12월 14일

우리 집에서 조촐하게 엄마 생일잔치를 열었다. 승채는 오늘 스스로 일어서기를 반복, 걸음도 예닐곱 걸음 걷는 장족(?)의 발전을 보여주었다. 엄마도, 승채도 모두 건강하길 빌며 가족들과 촛불을 껐다.

2006년

5월 2일 맑음

오늘도 할머니가 너무 보고 싶다. 할머니가 안 아프실 때는 내가 유치원 갈 때도 같이 가고, 할머니와 잡기 놀이도 하고, 밥도 같이 먹었는데…… 그리고 할머니는 아플 때도 힘들어도 나만 보면 웃어주셨는데…… 그리고 매일매일 사랑한다고 팔로 하트 모양도 만들어주고, 엄지손가락으로 내가 최고라고 칭찬해주셨는데…… 그리고 할머니가 "승채야—"라고 부를 때 기분이 너무 좋았는데, 그리고 나랑 한 약속은 다 지켜주셨는데…… 딱 한 가지만 빼고. "이 세상 끝날 때까지 오래오래 건강하게 사는 거." 나랑 약속해놓고선, 할머니! 하고 싶은 말이 있는데…… 사랑해요. 손녀 이승채.

그 길 위로 나는 또…

종로 서촌으로 이사한 후로는 유난히 많이 걸어 다닌다. 영화를 보러 광화문이나 충무로의 극장을 찾을 때도 어김없이 걸어서 간다. 동생이 살고 있는 구기동으로 휴일 저녁 마실을 갈 때도, 이제 여섯 살 된 반려견 라라의 간식을 사러 자하문 터널 쪽 동물병원을 찾을 때도, 대학로에 볼 일이 있어 나설 때도 마찬가지다. 부암동 윤동주 언덕의 고즈넉함, 인왕산 숲 속 한적한 산책로, 경복궁 영추문길 햇빛 속, 효자동의 얌전한 골목길을 오래오래 걷다 보면 일과 사람에 치여 물결치던 마음도 어느새 고요하게 가라앉는다. 반찬거리나 군것질거리를 사기 위해 동네에 있는 통인시장도 자주 간다.

그러다 얼마 전 외삼촌과 엄마에 관한 이런저런 이야기를 나누다가 엄마가 열다섯 살 때 통인동에 혼자 살았다는 사실을 처음 알게 되어 조금 놀랐다. 내가 살고 있는 이 동네에서 엄마도 살았구나. 그 사실을 뒤늦게 알게 되니 오래전에 부친 편지를 수십 년 만에 받은 마음이 되었다.

엄마는 어느 골목에서 한숨을 쉬고 미소를 지었을까. 외할아버지의 지인 집에 혼자 머물며 교복을 입고 가방을 메고 학교에 가면서 엄마의 엄마도 보고 싶었겠지? 엄마의 운동화가 밟았을 그 길 위로 나는 또 내 발자국을 매일 남긴다. 열다섯 소녀인 엄마가 걷던 그 길을 어른이 된 내가 지금 걷는다.

사
진
첩

1958년. 엄마 스물다섯 살 때

처녀 시절. 친구들과 모처럼 사진관에 가서 찍으셨다고.
내가 지닌 사진 중 가장 젊은 엄마 모습.

1997년 1월. 태어난 지 한 달 된 승채를 안고 좋아하는 엄마

평촌에서 지하철을 타고 대학로 언덕길을 올라
내가 사는 집까지 참 자주도 오셨다. 언제나 이것저것 손에 들고.

2001년 11월. 부산 해운대 바닷가

엄마를 모시고 승채랑 부산국제영화제에 갔다.
세 여자의 가장 행복했던 날들.

2003년 2월. 승채 유치원 졸업식 날

세 여자와 아버지. 엄마는 그날 유치원 선생님을 꼭 끌어안고
이별을 아쉬워하셨다. 아버지도 고생 많으셨어요.

2005년 2월, 제주도

엄마랑 두 번째 간 제주 여행, 그리고 엄마 생애 마지막 여행.
이듬해 4월에 돌아가셨다.

2005년 여름. 집

본격적으로 몸무게가 줄어들기 시작한 엄마, 40킬로그램쯤.

엄마의 숟가락

스무 살 시절부터 쓰셨다는 숟가락.
내가 가진 엄마의 가장 오래된 것.

■ 근위축성측삭경화증 Amyotrophic Lateral Sclerosis

1874년 프랑스의 의사 장마르틴 샤콧Jean-Martin Chartcot에 의해 처음 명명되었다. 1939년 미국 유명 야구 선수인 루 게릭Lou Gehrig이 이 병을 앓으면서 '루게릭병'으로 일반 사람들에게 많이 알려졌다. 운동신경세포만 선택적으로 파괴되는 질환으로 대뇌 피질과 뇌간 및 척수의 운동신경세포 모두가 파괴되는 특징을 보인다. 따라서 근육들이 운동신경의 자극을 받지 못하므로 근육이 쇠약해지고, 자발적인 움직임을 조절하는 능력을 상실하게 된다. 일년에 십만 명당 한두 명에게서 발병하는 것으로 알려져 있다.

정확한 원인은 아직 밝혀지지 않았다. 환자의 약 10퍼센트는 가족 내 유전성을 보이고, 대부분의 경우 특별한 원인 없이 발병한다. 신경과에서 환자의 과거 질병력, 신경학적 진찰을 토대로 신경전도 및 근전도 검사, 근조직 검사, 혈액 검사, 소변 검사, 뇌척수액 검사, 경부 척추의 엑스선 및 자기공명영상 촬영 등을 통해 확진한다. 여러 가지 약물이 개발 중이지만 아직 확실하게 효과가 입증된 약재는 없다. 현재 유일하게 사용을 인정받은 약물인 리루텍Riluteck은 운동신경세포를 파괴하는 원인의 하나로 여겨지는 글루탄산염 신경전달물질을 억제시키는 약으로 생존 기간을 수개월 연장시키는 효과는 있지만 삶의 질을 개선하거나 근력을 회복시키는지는 아직 효과가 확인되지 않았다.

• 참고 자료 : 한국ALS(근위축성측삭경화증)협회 홈페이지(www.kalsa.org)
　　　　　　서울대학교 병원 신경과학교실 홈페이지(www.snuhneurology.net)